이 책을 옮긴 이종욱은 고려대학교 영어영문학과를 졸업하고 한국외국어대학교 대학원에서
아프리카지역연구학을 공부했다. 동아일보사, 창작과비평사, 월간 마당, 한길사를 거쳐 한겨레신문과
문화일보에서 문화부장, 논설위원으로 일했으며, 언론중재위원회 위원(부위원장)을 지냈다.
지은 책으로 시집『꽃샘추위』와 칼럼집『아름다움과 영원함』이 있고, 옮긴 책으로『칼데콧 컬렉션』
『지속가능성을 위한 거버넌스』『말콤 엑스』『세상의 모든 것을 사랑한 화가: 아름다운 영혼 빈센트 반 고흐』
『저널리즘의 기본 요소』『방랑자』『지구를 구하는 창조의 현장에서』『현대 아프리카 시선』등이 있다.

칼데콧 컬렉션 2

지은이 랜돌프 칼데콧
옮긴이 이종욱
펴낸이 김언호

펴낸곳 (주)도서출판 한길사
등록 1976년 12월 24일 제74호
주소 413-120 경기도 파주시 광인사길 37
홈페이지 www.hangilsa.co.kr
전자우편 island@hangilsa.co.kr
전화 031-955-2012 **팩스** 031-955-2089

부사장 박관순 **총괄이사** 김서영 **관리이사** 곽명호 **영업이사** 이경호 **경영담당이사** 김관영
편집 홍희정 이인영 **마케팅** 윤민영 **관리** 이중환 문주상 이희문 김선희 원선아
디자인 창포 **출력 및 인쇄** 예림인쇄 **제본** 광성문화사

제1판 제1쇄 2015년 10월 10일

값 38,000원
ISBN 978-89-356-6943-1 03840

The Complete Collection of
R. Caldecott's Contributions to THE GRAPHIC

칼데콧 컬렉션

랜돌프 칼데콧 지음 ☽ 이종욱 옮김

아일랜드

일러두기

이 책의 저자, Randolph Caldecott의 인명 표기는 문화체육관광부의 외래어 표기 원칙에 따르면
'랜돌프 콜더컷'이며, 원어 발음 역시 '콜더컷' 또는 '콜더캇' 등 앞의 표기에 가깝습니다.
다만 우리나라에서 저자가 '칼데콧 상'으로 널리 알려졌다는 점을 고려하여, 이 책에서는
규정에는 맞지 않지만 국내에서 통용되고 있는 표기를 채택해 '랜돌프 칼데콧'으로 적었습니다.

"칼데콧은 단 한 명의 진정한 일러스트레이터였다."

• 조지 듀 모리에 George du Maurier

Randolph Caldecott

1846–1886

랜돌프 칼데콧과「그래픽」

랜돌프 칼데콧은 1846년 3월 22일 영국 체셔 주의 체스터에서 태어났다. 회계사였던 아버지 존 칼데콧은 두 번 결혼해 열세 명의 자녀를 두었는데, 칼데콧은 첫 번째 아내가 낳은 셋째 아이였다. 여섯 살 때부터 스케치를 시작했을 정도로 그림에 재능을 보인 그는 어린 시절 즐겨 그리던 동물들을 평생 동안 그렸다.

학교에서 늘 모범생이었던 칼데콧은 1861년 학업을 마치고 휘트처치의 한 은행에 취직했다. 이 해는 퀸스 레일웨이 호텔의 화재를 그린 그의 그림이「일러스트레이티드 런던 뉴스Illustrated London News」에 실린 때이기도 하다. 이 무렵 여가 시간이나 고객을 방문하러 갈 때 눈여겨보았던 시골 풍경과 집들은 훗날 작품에 구체적으로 등장하곤 했다.

6년 뒤, 맨체스터 은행으로 직장을 옮긴 그는 맨체스터 미술학교Manchester School of Art의 야간 강좌에 등록해 선을 강조하는 그림 기법 등을 배우며 예술에 대한 열정을 이어갔다. 그러다 1870년 친구인 화가 토머스 암스트롱Thomas Armstrong을 통해 월간지「런던 소사이어티London Society」의 편집장 헨리 블랙번Henry Blackburn을 소개받아 작품을 싣게 되었다. 자신의 재능과 역량에 고무되어 그림에 전념하기로 결심한 그는 1872년에 은행을 그만두고 런던에 정착했다.

칼데콧은 런던에 머문 7년 동안 단테 가브리엘 로제티Dante Gabriel Rossetti, 조지 듀 모리에George du Maurier, 존 에버렛 밀레이John Everett Millais, 프레더릭 레이턴Frederick Leighton과 같은 저명한 화가, 문인들과 친분을 쌓았다. 훗날 영국 왕립 미술원 원장을 지낸 프레더릭 레이턴의 저택, '레이턴 하우스Leighton House'는 지금까지도 잘 보존된 실내 장식으로 유명한데, 이 이국적인 저택의 아랍실에 있는 네 기둥의 장식을 칼데콧이 맡게 된 것은 레이턴과의 친분 때문이었다. 칼데콧, 케이트 그린어웨이Kate Greenaway와 함께 '영국 어린이 그림책의 3대 거장'으로 불리는 월터 크레인Walter Crane 역시 이 방의 타일 장식을 맡았다. 살아생전 세 사람은 친구이자 동료로서 서로 영향을 주고받았다. 또한 프랑스 조각가 쥘 달루Jules Dalou의 작업실에서 조각을 배우기도 했는데, 입체감을 표현하는 법을 배운 결과 칼데콧의 그림 솜씨는 더욱 발전했다.

이 무렵 칼데콧은 맨체스터 왕립 아카데미에 그림을 전시한 데 이어(1869년), 처음으로 영국 왕립 미술원에서 전시회를 열었다(1876년). 수채화가이기도 했던 그는 1872년에 왕립 수채화협회의 회원으로 선출되었다.

불과 2년 만에 삽화가로 인정받은 칼데콧은 당대 최고의 인기 주간지 「펀치Punch」와 「그래픽THE GRAPHIC」 등에 고료를 받고 고정적으로 글과 그림을 기고하는 일러스트레이터로 활동하기 시작했다. 그중에서 「그래픽」과 칼데콧의 인연은 각별하다. 매주 30만 부 이상 판매되던 인기 잡지였던 「그래픽」은 「일러스트레이티드 런던 뉴스」 출신의 윌리엄 루슨 토머스William Luson Thomas가 그림Illustration이 사회 개혁의 매체가 될 수 있다는 신념을 토대로 창간한 잡지였다. 프레더릭 워커Frederick Walker, 프레더릭 레이턴, 존 애버릿 밀레이 등 명망 있는 화가들의 작품이 잡지에 실리며 대단한 인기를 끌었다. 「그래픽」은 영국 밖에서도 인기가 높았는데 네덜란드 출신의 화가 빈센트 반 고흐Vincent van Gogh의 초기 작업에 큰 영향을 주었다. 특히 칼데콧을 매우 높이 평가한 고흐는 「탱커빌 스미스 씨는 어떻게 시골집을 얻게 되었는가」(1883년 6월)를 '일품'이라고 칭찬할 정도로 좋아했다고 한다.

칼데콧은 1872년 처음으로 「그래픽」에 작품을 발표한 뒤, 일종의 계약직 기자Special Reporter 신분으로 1886년 사망할 때까지 활발하게 작품을 기고했다. 이 시기의 칼데콧은 글과 그림을 모두 직접 쓰고 그렸으며 성인 독자들을 대상으로 재치 있고 익살스럽게 자신의 재능을 마음껏 발휘했다. 자기가 쓴 이야기에 직접 등장하기도 하고, 그림 속에 슬쩍 모습을 비추며 자신의 경험담을 유머러스하게 풀어놓았다. 「첨리 씨의 휴가」(1878년 6월), 「프랑스에서 벌어진 연애 소동」(1879년 6월)의 '리처드 첨리'가 좋은 예이다. 두 작품의 화자인 리처드 첨리가 랜돌프 칼데콧의 분신인 것은 두 이름의 머리 글자가 같다는 점에서 확연히 알 수 있다. 또한「그래픽」연재작 중 칼데콧 작품의 특징과 매력을 가장 잘 드러낸 것으로 평가받는 것은「칼리온 씨의 크리스마스」(1881년 12월)다. 할아버지의 일기를 재구성한 이 작품은 크리스마스에 벌어진 낭만적인 연애 사건을 따뜻하고도 능청스러운 필치로 그려내고 있다. 2년 뒤 발표된「다이애나 우드의 결혼식」(1883년 12월)은「칼리온 씨의 크리스마스」의 후일담으로 또 다른 재미를 준다. 종종「그래픽」에서 그에게 표지를 맡기기도 했는데, 여름 특집호와 크리스마스 특집호의 표지는 평소의 몇 배나 공을 들여 그렸다고 한다.

한편 삽화가로서 칼데콧이 처음으로 인정받은 첫 번째 그림책은 워싱턴 어빙Washington Irving의 작품집『스케치북Sketch Book』에서 크리스마스를 소재로 한 다섯 편을 골라 1875년에 펴낸『오래된 크리스마스Old Christmas』다. 영국의 유명한 인쇄업자이며 출판기획자였던 에드먼드 에번스Edmund Evans는 이 책에 실린 120점의 흑백 삽화에 깊이 감명 받아 새로운 그림책 시리즈를 제안했고, 1878년 칼데콧은『존 길핀의 유쾌한 이야기』와『잭이 지은 집』을 출간했다. 두 그림책 모두 출간과 동시에 대단한 성공을 거두었으며, 이때부터 매년 크리스마스 무렵에 두 권씩 모두 열여섯 권의「칼데콧 그림책R. Caldecott's Picture Books」을 펴냈다. 이 시리즈의 엄청난 성공과 함께 그는 세계적으로 유명한 인물이 되었다.

칼데콧은 위염과 어린 시절에 앓았던 심장 질환, 류머티즘으로 평생 심한 고통에 시달렸으며, 그림책과 잡지 등 밀려드는 그림 청탁으로 인한 고된 업무도 그의 건강을 해쳤다. 1880년 메리언 브린드Marian Brind와 결혼해 가정을 꾸린 뒤에도 그의 건강은 좋아지지 않았다. 겨울이면 지중해를 비롯해 따뜻한 지역으로 여행을 자주 다닌 것도 이 때문이었다. 칼데콧은 다녔던 여행지마다 그 지역 사람들과 주변 환경을 관찰해 그림을 그렸고, 그림마다 유머러스하고 재치 있는 설명을 곁들여 「그래픽」에 기고하곤 했다. 「벅스턴에서 그린 스케치」(1877년 3월), 「브라이튼」, 「트루빌 해변 스케치」(1879년 10월) 등이 그것이다. 특히 「모나코에서 보낸 편지」(1877년 3월-5월)는 이런 여행기 중에서도 독특하고도 힘찬 작품으로 평가받는 작품이다. 풍경보다 다양한 인물이 돋보이는 이 작품은 흑백의 가느다란 선으로 섬세하게 인물의 표정을 묘사해 얼굴마다 각자의 삶과 굴곡을 엿볼 수 있다. 익살스럽거나 애잔한 장면들도 많지만 도박에 빠진 인간 군상에 대한 묘사와 날카로운 풍자는 섬뜩할 정도다. 특히 1877년 2월 17일 자 편지의 첫 그림은 〈목사님과 도박꾼Priest and Player〉이라는 제목으로 자주 소개되는데, 칼데콧과 친분이 두터웠던 헨리 블랙번은 이 스케치가 「모나코에서 보낸 편지」에서 가장 뛰어난 그림이라 평하기도 했다.

1885년 10월 요양 차 미국으로 여행을 떠나 이듬해 2월 플로리다 주에 도착한 칼데콧은 그곳에서도 미국인의 삶을 글과 그림에 담아 「그래픽」에 보냈다. 이 작품이 바로 「미국의 사실과 환상」(1886년 2월-6월)이다. 그는 수도 워싱턴에 잠깐 들렀을 때 본 사람들, 특히 흑인들과 국회의사당의 로턴다에 걸린 역사화 속 개척자들의 모습에 깊은 관심을 보여 이와 관련된 그림을 재치 있게 그려냈다. 「그래픽」의 편집인 아서 로커의 말처럼 이때의 작품들은 칼데콧이 더 삶을 이어갔더라면 이후 어떤 작품들로 세상을 놀라게 했을지 아쉬움과 안타까움을 남긴다.

대서양의 험한 뱃길을 가로지른 뒤 곧바로 미국 동부 해안을 따라 내려가는 무리한 여정과 갑자기 몰아친 이상 한파로 인해 칼데콧의 건강은 극도로 악화되었고, 마침내 1886년 2월 12일 세인트오거스틴에서 눈을 감았다. 40세도 되지 않은 나이에 짧은 삶을 마감한 그는 그곳 공동묘지에 묻혔다. 이후, 미국도서관협회에서는 그의 이름을 딴 '칼데콧 상'을 제정하여 매년 우수한 그림책을 선정해 상을 수여하고 있다.

마지막으로 이 책은 에드먼드 에번스가 런던의 출판사 조지 러틀리지 앤드 선즈사에서 1888년 1,250부 한정으로 펴낸『랜돌프 칼데콧 그래픽 연재작 전집The Complete Collection of Randolph Caldecott's Contributions to THE GRAPHIC』을 옮긴 것임을 밝혀둔다. 칼데콧 사후 1876년부터 1886년까지의「그래픽」연재 대부분을 모은 것으로, 그의 다양한 작풍을 확인할 수 있다.

• 2015년 가을
  이종욱

칼데콧 상의 종류와 의미

칼데콧 상 메달 The Caldecott Medal

미국도서관협회ALA, American Library Association에서는 1938년부터 매년, 한 해 동안 미국에서 출간된 가장 뛰어난 그림책에 칼데콧의 이름을 딴 칼데콧 상을 제정해 수여하고 있다. 칼데콧 상은 '그림책계의 노벨문학상'이라 불릴 정도로 그 권위를 인정받고 있으며, '좋은 그림책'을 가늠하는 중요한 잣대이기도 하다. 메달 앞면은『존 길핀의 유쾌한 이야기』, 뒷면은『6펜스 노래를 부르자』의 한 장면으로 꾸며져 있다.

칼데콧 명예상 Caldecott Honor Book

칼데콧 상 다음으로 뛰어난 그림책에는 칼데콧 명예상을 수여한다. 한 명에게만 수여하는 칼데콧 상에 비해 칼데콧 명예상은 다수의 작품이 공동으로 받을 수 있다.

랜돌프 칼데콧의「그래픽」연재 모음집 출간에 부쳐

랜돌프 칼데콧이 너무나 애석한 죽음을 맞이한 지 2년 가까이 지난 지금, 화가로서의 성공 외에는 큰 굴곡이 없는 그의 생애를 되돌아보는 것도 의미 있는 일일 것이다. 칼데콧은 1846년 영국 체스터에서 태어나 같은 도시에 있는 헨리 8세 학교King Henry VIII School에서 공부했다. 그 뒤 슈롭셔 주의 휘트처치에 있는 은행에 취직했고, 이후 맨체스터 은행으로 옮겼다. 사실 칼데콧은 미술 교육을 정식으로 받은 적이 없다. 하지만 틈나는 대로 시간을 들여 그림에 열중했기에 명망 있는 회계사였던 칼데콧의 아버지는 오랜 세월 아들의 열정을 꺾으려 노력했다. 그러나 엄격한 아버지나 전통적인 분위기의 맨체스터 은행도 그의 기질을 억누를 수는 없었다. 칼데콧에게는 무의식적으로 압지나 입금표 뒤쪽에 회화적 디자인을 그려넣는 버릇이 있었다. 이러한 버릇은 아주 어릴 때 시작된 것이 분명하다.

칼데콧이 세상을 떠난 후, 나는 체스터에서의 학창 시절 칼데콧이 소유했던 낡고 해진 베르길리우스Vergilius의 책을 헌책방에서 구입한 바 있다. 그 책은 다양한 펜화 스케치로 장식되어 있었다. 그러나 고백하자면 화가를 희망하는 청년의 솜씨 이상의 특출한 재능을 발견할 수 없었다. 다만 칼데콧은 자신의 천직을 서서히 발견한 편이었다. 워싱턴 어빙의 단편집『오래된 크리스마스』(곧『브레이스브리지 홀Bracebridge Hall』로 이어지는)의 삽화를 선보였을 때 칼데콧의 나이는 거의 서른이었다. 화단과 평론가들은 즉각 매우 색다르고 독창적인 재능을 지닌 신예 화가가 나타났음을 알아차렸다. 이때부터 칼데콧의 삽화는「그래픽」에 자주 등장하기 시작했고,「그래픽」의 여름 특집호와 크리스마스 특집호는 거의 매번 그의 경쾌한 연필화를 실어 생동감을 더했다.

칼데콧의 허약한 체질은 죽음을 앞당겼으나 그의 명성을 확고히 하는 데에도 기여했을 것이다. 젊어서 성공한 작가나 화가 들이 흔히 과도하게 작품을 쏟아내는 것과 달리 칼데콧은 요절한 탓에 평판이 떨어지는 것을 피할 수 있었다. 류머티즘열로 인한 심장병 때문에 고통 없이는 계단을 오를 수 없었으면서도 말을 타고 하는 사냥은 칼데 콧에게 커다란 기쁨이자 주된 오락이었다고 한다. 돌이켜 보면 참으로 희한한 일이 아 닐 수 없다. 그는 항상 불안했던 건강 탓에 1885년부터 이듬해에 이르는 겨울을 약 5 년 전 결혼한 아내와 따뜻한 외국에서 보내기로 했다. 이 계획에 따라 칼데콧 부부는 미국 플로리다로 향했다. 그러나 불행히도 대서양을 가로지르는 뱃길은 거칠고 험했 으며, 플로리다의 겨울은 '꽃이 만발한 땅'[1]의 겨울보다는 노바스코샤[2]의 겨울에 가까 웠다. 많은 사람들에게 요양지로 각광받는 휴양지가 안타깝게도 가련한 칼데콧에게 는 치명타였던 셈이다. 그는 1886년 2월 12일 미국 세인트오거스틴에서 눈을 감았다.

이 자리에서 칼데콧의 작업을 칭송하는 것은 아마도 불필요한 일일 것이다. 아직까 지 그의 작품을 접한 적이 없는 사람이라면—물론 젊은 세대는 매우 빨리 자라버려 금 세 바뀌지만—이 책을 펼쳐 보길 바란다. 그것만으로도 대번에 칼데콧의 탁월함을 알 아차리게 될 것이다. 다만 칼데콧이 「그래픽」에 싣기 위해 특히 정성을 기울였고 이번 에 완전한 모습으로 재현된 작품들에 대해서는 몇 줄 덧붙이는 편이 이해에 도움이 될 듯하다. 대부분의 작품의 경우, 그는 다른 이들이 구상한 내용을 바탕으로 그림을 그 렸다. 예를 들어 칼데콧은 워싱턴 어빙의 작품을 비롯해 어린이를 위한 노래나 전설을 지어낸, 훌륭한 무명작가들의 작품에 삽화를 그렸다. 그러나 「그래픽」 지면에서의 칼 데콧은 작가이자 화가였다. 거의 모든 아이디어가 칼데콧 자신의 것이었고, 그림 사이 에 구불구불 적은 글도 직접 쓴 것이다. 칼데콧은 작품마다 신사다운 자제력과 천진난 만한 단순함을 내보인다. 바로 이 점이 예술적 가치와 별개로 상당한 매력을 더한다.

다른 두 가지 면에서도 이 책에 실린 작품들은 주목할 만하다. 우선 특정 시대—대략 1775년부터 1815년까지—가 칼데콧에게 불러일으킨 강한 흥미이다. 상냥한 미국 유머 작가[3]를 도운 마법의 펜은 틀림없이 이 편애의 원인일 것이다. 우리의 화가는 확실히 증기 기관이나 전기의 시대보다는 가발과 허리가 짧은 옷, 마차와 노상강도들 사이에 있는 것을 더 편안해한다. 오늘날의 일상을 묘사할 때조차 칼데콧은 현대적인 특징들이 눈에 띄지 않게 한다. 일례로 그의 주인공들은 기차 대신 이륜마차를 타고 달린다. 또 하나 주목할 점은 한결같이 희극적인 기법을 사용하고 있다는 것이다. 「경쟁자들」 등의 작품에서 이러한 희극성이 잘 드러난다. 그의 표현 기법은 우스꽝스럽거나 난잡한 경우가 없고 저속함과도 거리가 멀다. 또한 멜로드라마 같은 요소도 없다.

마지막으로 이 매력적인 그림들을 보고 있노라면 다양한 인물 묘사에 주목하지 않을 수 없다. 어떤 화가들은 한 가지 친숙한 얼굴 유형을 되풀이해서 그려내곤 한다. 그러나 칼데콧은 대자연처럼 무척 다양한 표현력을 선보인다. 그 표본으로 「첨리 씨의 휴가」에서 부두를 따라 걸어가는 신사를 비판적으로 쳐다보는 여러 숙녀들을 살펴보자. 이 여인들이 얼마나 매력적인지! 이들은 영국 여성들 중에서 가장 바람직한 유형으로, 건강하고 천진난만하면서도 세련된 부류다. 이들은 일찍 자고 일찍 일어나며, 야외에서 많은 시간을 보낸다. 다만 칼데콧은 같은 남성들에게는 덜 관대하다. 남자들은 대개 못생겼거나 기묘한 몰골을 하고 있다. 하지만 내키기만 하면 남자다우면서도 잘난 척하지 않는 영국 젊은이의 이상적인 아름다움을 그려낼 수도 있다. 대서양을 건너면서 칼데콧은 미국인들의 일상을 여실히 보여주는 스케치를 「그래픽」에 보내기로 했다. 하지만 뉴욕에서 남부까지 급하게 여행하며 그린 몇 점밖에는 보낼 수 없었다. 이 작품들이야말로 칼데콧이 건강을 유지하고 삶을 이어갔더라면 아직 개척되지 않은 광산을 얼마나 많이 발굴했을지 잘 보여준다.

이 화가의 죽음이 나라에 알려졌을 때 'H. E. D.'[4]라는 서명으로 「그래픽」에 발표된 시의 일부[5]를 인용하는 것으로 짧은 글을 마무리한다.

아아, 슬프도다, 가여운 칼데콧이여!
우리의 희망은 허사가 되었습니다.
우리는 아직 당신의 존재를 잠시도 잊지 못합니다.
당신만의 독특한 스타일을 뛰어넘을 사람은 없습니다.
당신의 자리는 항상 비어 있을 것입니다.
당신의 펜은 인간 본성의 여러 단면을
애정 어린 필치로 정성스레 그렸습니다.
사람들이 보고 웃도록, 그리고 모든 사람을
그림 속에 담긴 것보다 더 많이 사랑하도록.
노인들은 미소 지으며, 지나간 시절의 관습을
한 번 더 회상할 것입니다.
아이들은 당신의 그림책⁶을 열심히 읽고,
꿈나라 속 장면을 경탄하는 눈으로 즐길 것입니다.

• 1887년 11월
  아서 로커⁷, 「그래픽」 편집장

칼데콧 컬렉션 2

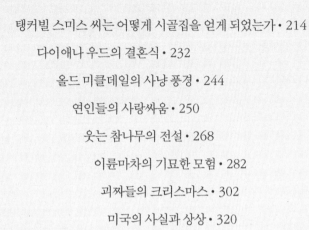

Christmas Visitors

From my Grandfather's Sketches

1876년 12월 크리스마스 특집

크리스마스 손님들

할아버지의 스케치에서

CHRISTMAS VISITORS.

From my Grandfather's Sketches.

CHRISTMAS EVE ("We dine early - be in time.")— Arrival of Guests

크리스마스이브, 손님들 도착
"식사를 일찍 시작하니, 늦지 않도록 하십시오."

젊은이들

The OLD FOLKS—

늙은이들

La Pastourelle

양치기 소녀의 노래[1]

The Christmas Wine

크리스마스 포도주

The Young Squire (M.F.H.) entertains some hunting friends.

사냥 친구들을 대접하는 시골의 젊은 유지[2](사냥 지휘자)

The Coachman mixes a Christmas Bowl.

(The Huntsman is exceedingly fond of Punch.)

크리스마스 펀치를 섞는 마부
(사냥꾼은 펀치를 매우 좋아한다.)

The Visitor who makes love

사랑을 속삭이는 손님들

마지막으로 떠나는 사람

Letters From Monaco

모나코에서 보낸 편지

친애하는 G에게[1]

아름다운 이곳은 집에만 틀어박혀 지내는 당신을 위한 장소입니다. 저 역시 나름의 방식으로 이곳을 즐기려 합니다.

프랑스 니스와 망통 사이, 전망 좋은 절벽 길 아래로 언덕들이 곧장 지중해를 향해 뻗어 있습니다. 언덕은 바위투성이이고, 올리브 나무에는 아직 잿빛 도는 초록색 잎이 싹트지 않았습니다. 언덕들은 동쪽으로 열려 있으며, 언덕 사이로 돌출된 두 개의 작은 곶이 '스펠뤼게 항구Port des Spelugues'라 불리던 자그마한 만을 에워싸고 있습니다. 만 주변의 말굽 모양 땅이 바로 모나코 공국입니다. 이 만을 가로질러 마음 놓고 라이플총을 쏠 수 있다고는 하지만, 실제로 공간이 부족하다 보니 비둘기 사격을 즐기는 사람들은 바다 쪽으로 충분한 공간을 확보한 뒤 사격을 해야 합니다.

　남쪽 만의 매우 높고 동떨어진 바위산 위에 모나코의 옛 시가지가 있습니다(공국 전체를 살펴본 앞쪽의 스케치처럼 인접한 곳도 몇 군데 보이는데, 가장 먼 곳이 이탈리아의 도시 보르디게라입니다).

　이 바위산의 가장 먼 곳, 즉 라콩다민La Condamine의 오른쪽에 해체된 요새가 크게 거슬리지 않는 가스 공장 건물들에 의해 군데군데 가려졌습니다. 멀리 떨어져 이제는 본업에서 은퇴한 땅에는 저수지들이 들어섰습니다.

　만의 다른 쪽에는 몬테카를로가 있습니다. 몬테카를로의 화려한 저택과 호텔, 그리고 작은 교회까지 이 모든 것들이 마치 판지에서 방금 오려내 수채화로 마무리한 뒤, 바위에 풀로 붙인 것처럼 보입니다. 그 중심에는 카지노가 있는데, 밖에서도 안에서 새어 나오는 소리를 들을 수 있습니다. 카지노의 테라스들은 작은 잔디밭들로 이어져 있고, 이곳에서 일주일에 한 번 비둘기 사격이 열립니다. 한편 맞은편의 평화로운 요새는 폐허로 변하고 있습니다.

　옛 시가지와 몬테카를로 사이, 공국의 중심에 앞서 언급한 '라콩다민'이 있습니다. 부두 위에서 내려다본 경관은 아래 스케치를 봐주십시오.

　집들은 대부분 새 집으로 흰 칠이 되어 있고 지붕에는 붉은 기와를 올렸습니다.

그리고 덧문들은 녹색이거나 초록빛을 띤 회색입니다. 그 외에도 우아한 분홍색이나 담황색으로 칠한 집도 여러 채 있습니다. 햇살이 비칠 때면 대체로 아주 밝고 쾌적한 분위기입니다. 만의 가장자리는 수영장과 큰길이 차지하고 있습니다. 우체국, 법원, 큰 건물들, 궁전은 시내 위쪽에 있지만 최고급 상점들은 모두 라콩다민에 있습니다. 모든 필요한 업무들이 라콩다민 지역에서 이루어지고 있는 듯합니다. 이와는 대조적으로 옛 시가지는 아직 졸고 있고, 몬테카를로는 도박판이 한창입니다. 라콩다민에도 교회와 역이 있고, 황금빛 과일이 주렁주렁 매달린 오렌지 농장과 레몬 농장 들도 있습니다. 장미가 활짝 피었습니다. 치과 진료소도 한 곳 있습니다.

자그마한 교회—생트 데보Sainte Dévote—는 이탈리아 주물로 만든 굴뚝 장식품 같습니다. 이 교회는 라콩다민과 몬테카를로를 가르는 바위 골짜기에 웅크리고 있는데, 근처의 철도 구름다리가 대단히 위압적입니다.

해변으로 약간 파고든 항구 오른편은 바다입니다. 이 해안 위쪽에서는 수입된 물건들의 대부분이 원통 모양 컨테이너에 실리고 있습니다. 부두가 짧고 규모도 작지만 매우 중요한 항구입니다. 부두 아래위로 한 젊은이가 온종일 긴장의 끈을 붙들고 활보합니다. 낮이 짧아 빛이 없는데도 웃옷 밑에서 칼집이 어슴푸레 빛납

니다. 그렇습니다. 몬테카를로에는 정화해줄 빛이 몹시 필요합니다. 게다가 부두는 시내 위쪽의 성과 바위 그림자에 파묻혀 있습니다. 덧붙이자면 이 계절의 몬테카를로는 늘 그늘져 따뜻하지 않습니다. 하지만 건강한 사람들이라면 그다지 불쾌하게 느끼지 않을 것입니다.

라콩다민의 도로는 모나코 공국에서 유일한 평지입니다. 길이는 3, 4백 미터 정도로 이곳을 벗어나면 바로 오르막입니다. 만의 완만한 곡선을 따라 쾌적한 산책로가 뻗어 있습니다.

옛 시가지와 몬테카를로 사이에는 공공 도로가 있습니다. 자그마하니 맵시 좋은 마차들이 이따금 깜짝 놀랄 만큼 날카로운 소리를 내며 달립니다. 마차는 흔히 여우 꼬리나 화려한 깃털을 머리에 장식한 작은 말 두 마리가 끕니다.

사람들에 대해서는 우선 원주민에 대해서만 이야기하겠습니다.

원주민들은 잘생겼고 체격도 좋습니다. 역시 1월의 어느 날 만났던 건장한 남자는 인근 지역 주민 같았습니다. 이 여성도 마찬가지입니다(그녀의 모자를 눈여겨 보십시오).

소녀들은 대개 몸매가 통통하고 그중 일부는 이목구비가 또렷합니다. 보통 단정한 옷차림에 모자를 쓰지 않고 외출합니다. 그리고 머리를 땋는데, 제가 보기에는 아주 잘 어울립니다. 드레스는 경축일뿐 아니라 평소에도 손으로 잡아 들고 다

녀야 할 만큼 길게 입는 것이 널리 유행입니
다. 이 우아함은 빨래터에서 머리에 젖은 빨
래를 이고 가는 모습과 연결되곤 합니다.

 푸른 바지를 입은 노동자들, 아기를 무릎
에 눕혀 위아래로 어르는 부인들(이들은 다
른 사람들보다 뛰는 것도 더 잘 해야 합니다), 그리고 성장하는 소녀들, 이들 모두
가 굽 높은 부츠를 신고 있습니다.

 '다름 광장Place d'Armes'[2]이라는 위엄 있는 이름이 붙은 흐릿한 공터에서는 휴일
마다 많은 사람들이 모여 둥근 돌로 치열하게 공놀이를 하는 모습을 볼 수 있습니
다. 운이 나쁠 때면 상대의 턱수염을 움켜잡거나 욕설을 내뱉기도 합니다.

 라콩다민에 대해 특히 자세히 이야기했습니다. 현재 이곳에 머물고 있기 때문입
니다. 이 지역에는 좋은 호텔은 하나뿐이고, 주로 콘도가 많은데 직접 해결할 수 있
는 일이 많아 오히려 좀 더 편하기도 합니다.

 다음 편지에서는 모나코의 옛 시가지 풍경을 전하겠습니다.

 그때까지는 계속 이곳에 머물 예정입니다.

1877년 1월, 모나코에서
당신의 충실한 칼데콧

Monaco.

Jany 1877

Dear G

This is a beautiful place, &, for the benefit of you stay-at-home bodies, I will describe it ——— in my way

Between Nice & Mentone, below the Corniche Road the hills ——— rugged & warmhued where not clothed with the grey-green foliage of the Olive trees ——— come right down to the Mediterranean, & throw out two small rocky capes, enclosing a little bay ——— called the "Port des Spelugues" ——— open towards the east. Round this bay is the Principality of Monaco ——— a horseshoe-shaped territory across which, they tell me, one man may easily shoot with a rifle ——— indeed, the pigeon-shooters are obliged to fire seawards for want of space.

On the south Cape ——— a lofty & almost detached rock ——— stands the old town of Monaco (it is shewn in the above sketch, which is a general view of the Principality with some of the neighbouring headlands, the most remote bearing the Italian town of Bordighera).

At the extreme point of this rock ——— on our right seen from the Condamine ——— is a dismantled fort, partly hidden by the gas-works, a group of buildings not disagreeable to the eye ——— the reservoirs being in a retired place afar off

32

On the other side of the bay is Monte Carlo, with its gay villas, & hotels & little chapel — all looking as though just cut out of cardboard, touched-up with water-colour, & glued on to the rocks.
At the point is the Casino — of which you shall hear — its gardens & terraces leading down to a tiny lawn all arranged for "bi-hebdomadaire" pigeon-slaughter while the peaceful fort opposite is falling into ruins.

    The centre of the Principality — the part between the old town & Monte Carlo — is called "la Condamine". Here is a view of it taken from above the quay.

    The houses are chiefly new, & white — except a few daintily tinted with pink or buff — & have red-tiled roofs, & green or French-grey shutters. When the sun shines the general effect is wonderfully bright & pleasant. A bathing establishment & a boulevard occupy the margin of the bay. The post-office, the tribunal, the barracks, & the palace are all in the town above; but the best shops — such as they are — are in the Condamine, which seems to do all the business while the old town dozes & Monte Carlo gambles. We have also here a church & a railway-station, orange & lemon orchards with golden fruit all dangling, a few roses in bloom, & a dentist.

The little church — Sainte Dévote — is like the chimney-ornaments hawked about by Italian moulders: it crouches in a Rocky ravine separating the Condamine from Monte Carlo, & seems terribly over-awed by the Railway Viaduct.

33

The port takes up the few yards of beach, which are in the right
bend, looking seaward, & up this beach most of the imports are rolled in the shape
of casks. There is a short quay. The port, though small, is evidently of importance,
for up & down this quay a vigilant young man marches all day long, below his
coat the scabbard of a sabre gleaming — not in the sun, however, because during
these short days. Monte Carlo requires all its purifying rays: & the quay is kept in
shade by the rocks & castle of the town above. By the way, it is not always warm
in the shade here at this season — yet seldom unpleasant to healthy people

The "boulevard de la Condamine" is the only piece of flat land
in the principality, & is 3 or 4 hundred yards in length — to leave it is to ascend.
It forms a pleasant promenade along the middle curve of the bay.

& is the highway between the old town & Monte Carlo. There are always smart little
hackney carriages dashing about with startling cracks of whip — usually drawn
by 2 small horses decorated at the headpiece with foxes' brushes or gorgeous plumes
As to the people — I will speak of the natives only in this

letter — they are rather good-looking & of fair size. Here is a sturdy man whom I met one day — in January too — but I think he belongs to the country round about. also this lady (look at her hat).

Many of the girls have substantial plump figures, and a few have features of a high type. They often dress neatly — generally go out without hat or bonnet — & do up their hair in masses of coils & plaits, sometimes — to my mind — in a becoming way. They have their gowns made long enough to require holding up in the prevailing manner; & not only their fête-day gowns, for they unite this grace with the carrying of baskets of wet clothes on their heads from the washing-place.

High-heeled boots are worn by all — blue-trousered workmen, baby-dandling dames — who should know better — & growing girls.

In a vague open space dignified with the title of the "Place d'Armes" on holydays many of the men may be seen playing with round stones at a

violent kind of bowls, clutching their beards & using strong language when unlucky.

I have spoken more particularly of the Condamine because it is where we are staying at present. There is at least one good hotel in this quarter & there are plenty of apartments, which, with our own servants, we find more convenient.

In my next letter I will tell you about the old town. Meanwhile, I shall remain
Your dutiful
Corra.

Monaco.
1st Feby 1877

친애하는 G에게

저희 일행이 방문한 몬테카를로는—(라콩다민에서 마차로 3분 거리입니다)—라인 강변의 친숙한 풍경이 펼쳐져 있어 기분 전환을 할 수 있는 곳입니다. 아주 밝고 즐거운 곳입니다. 이곳은 커다란 호텔인 '호텔 드 파리Hôtel de Paris'[3], 보다 수수한 호텔이 두세 개, 카페 하나, 작은 상점 다섯 곳, 그리고 사진과 그릇 가게가 있습니다. 깔끔한 별장 여러 채와 유명 카지노 '라운저스Loungers'가 뭇사람의 주목을 받으며 자리 잡고 있습니다. 조랑말이 끄는 브루엄 마차들이 미끄러지듯 별장

· 소매치기 감시소

을 오가고, 도박꾼들은 카지노 계단을 오르내립니다(맨 위의 그림은 카지노 건물의 정면을 그린 것입니다). 카지노 문은 손님들이 대화를 나누는 홀 쪽으로 열려 있습니다.

성직자처럼 보이는 종업원들이 외투와 파라솔을 받아 맡아둡니다. 손님들은 벽에 붙은 최신 전보를 확인할 수 있으며, 열람실로 들

어가면 유럽과 미국의 주요 일간지들, 프랑스의
최신 유행 의상 화보, 파리, 런던, 라이프치히에
서 간행되는 일간 및 주간 잡지들을 훑어볼 수
있습니다. 또한 필기구 같은 사무용품도 마음대
로 쓸 수 있습니다.

　　　아름다운 화음이 우리를 음악실로 이끕니다. 이 카지
노에서는 놀랄 정도로 핼쑥한 지휘자가 이끄는 대규모
오케스트라가 하루에 두 차례 훌륭한 음악을 연주합니
다. 저는 음악실에서 사람들을 관찰했습니다. 음악을
즐기는 사람들도 있지만 어떤 이들은 음악에는 전혀
신경도 쓰지 않습니다. 돈을 잃은 이들 중에서는 음악으로 마음을 달래며 미래의
성공에 대한 낭만적인 꿈에 빠져드는 사람도 있습니다. 도박에 정신이 팔려 도박
테이블에 붙박인 친구를 기다리는 사람들도 있습니다.

　사무실의 창구 책임자에게 신분증을 제시하고 이름과 주소를 기록하면 '모나
코 외국인 서클Cercle des Étrangers de Monaco'에 하루 동안 드
나들 수 있습니다. 실내를 한번 둘러보고 나면 이 대단
히 영예로운 입장에 대한 의문이 솟을지도 모릅니다. 방
문자들은 매일 입장권을 다시 신청해야 합니다. 그러나
단골들은 으스대며 출입자 감시에 소홀한 경비원을 지

나쳐 도박 테이블이 있는 안으로 들어갑니다. 카지노에는 커다랗고 멋진 특실이
두 곳 있습니다. 첫 번째 방에는 룰렛 테이블이 두 개 놓여 있고, '무어인 방La Salle
Mauresque'이라 불리는 다른 한 방에는 3, 40명이 동시에 이용할 수 있는 테이블이
두 개 있습니다. 테이블에는 요크셔 주민부터 일본인까
지 전 세계의 '우아한 사람들'이 정오부터 자정이 되도
록 일주일 내내 모여 있습니다.

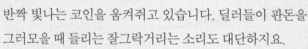

　저녁은 가장 흥겨운 시간입니다. 화려한 차림에 곱게
단장한 사람들이 잘 닦여 윤이 나는 바닥을 휩쓸고 다닙
니다. 어쩌다 이기고 있는 중이건 그렇지 않은 때건 장갑을 낀 고상한 손은 반짝
반짝 빛나는 코인을 움켜쥐고 있습니다. 딜러들이 판돈을
그러모을 때 들리는 잘그락거리는 소리도 대단하지요.
　맨 위의 그림은 테이블 주위에 둘러선 사람들을 스케치
한 것입니다. 신문 잡지 편집자와 영국의 치안판사들, 존경
할 만한 나이 지긋한 부인, 천진난만한 소녀, 여행 중인 친
애하는 청년들에다 예술가, 레지옹 도뇌르 훈장 수훈자들과 훈장과는 무관한 귀
부인들, 공주들, 소매치기들, 백작 부인들, 딜러들까지 모두가 도박에 몰두합니
다. 종업원이라 불리길 바라는 딜러들은 각 테이
블마다 여섯에서 여덟 명 정도 배치되며, 일반 손
님들은 열여섯에서 열여덟 명이 앉아 있고, 다른
참가자들은 서 있습니다. 종업원 두 명은 각각 출

납원들 뒤에 놓인 높은 의자에 앉아 있는데, 이들은 분쟁이 생겼을 때 시비를 가립니다. 사건 자체에 대한 이해와 별개로 절대 동요해선 안 됩니다.

각 룰렛 테이블의 끝에는 인자한 감독관이 있습니다. 그는 판돈을 조정하고 주변 사람들을 감시합니다. 가끔은 아름답고 꽃다운 영국 소녀들이 싱싱한 꽃다발 뒤에 변화무쌍한 코인 더미를 숨기기도 합니다. 호기심 많은 구경꾼들의 시선에 민감한 참가자들이 제법 있기 때문입니다. 그러나 이들도 자기 차례가 오면 어쩔 도리 없이 주변 사람들의 주목을 받습니다.

어떤 테이블에서는 상복 차림으로 손에 지갑을 쥔 한 미망인이 벨벳 드레스에 모피를 걸친 숙녀 옆에 앉아 있는 모습을 보았습니다. 최근 겪은 크나큰 슬픔이 이마에 주름을 새기고 얼굴을 붉게 물들인듯 했습니다. 습관적으로 손수건을 뺨으로 가져가고 있었지요.

모든 참가자들은 규칙에 따라 제공된 카드에 프리크[4]나 다른 표시를 하는데 그에 따라 게임의 운도 달라집니다. 그리고 사람들은 게임의 흐름을 유리하게 바꾸려 자신이 알고 있는 온갖 지식과 방법 들을 총동원합니다. 어떤 이들은 룰렛 기

계를 거칠게 눌러대는데, 촘촘히 나 있는 수많은 구멍이  만들어내는 파노라마에 대한 모든 원리를 알아내려는 것입니다. 그가 돌리는 기계의 구멍들은 의심할 여지없이 오류라고는 결코 발생하지 않는 완벽한 기계적 체계에 의해 작동합니다. 우리는 "당신은 규칙에 따라 플레이해야 합니다"라는 주의를 들었습니다.

규칙에 맞게 플레이하는 사람이 여기 있군요.

실내가 너무 더운 나머지 한 번에 긴 시간을 카지노에서 보내기는 힘듭니다. 다음 번에 카지노에 대해 더 많은 이야기를 풀어놓겠습니다.

카지로를 나서기 전 종업원에게 요청하면 물을 한 잔 가져다줍니다. 환기 문제 말고는 모든 손님, 특히 영국인들에게 각별한 관심을 기울이기 때문이지요. 영국인들은 카지노 환전소의 우수 고객이며 보통 '예금자'로 불리곤 합니다. 영국인에게는 귀국하는 데 드는 비용도 흔쾌히 빌려줍니다.

옛 시가지에 관해 적겠다는 약속은 아마 다음 편지에서 지킬 수 있을 것 같습니다.

그때까지 당신의 보살핌 아래 있겠습니다.

1877년 2월, 모나코에서
칼데콧 드림

Monaco.
1st Feby 1877

Dear G

We have been up to Monte Carlo (3 minutes drive from the Condamine) where may be found all the distractions which were formerly sought on the banks of the Rhine. It is a very bright, pleasant place, & consists of a large 'hôtel de Paris', 2 or 3 humbler hotels, a café, 5 small shops, a picture & pottery store, several smiling villas & the famous Casino. Loungers sit about in the sun or under the awning of the café, pony-carriages whirl past, broughams glide from & to the villas, & gamblers ascend & descend the steps of the Casino (of which I give the façade above). The doors of the Casino open into a hall of conversation.

Priest-like servants receive cloaks & parasols. You may read the last telegraphic news on the wall, then walk into the reading-room, run through the principal newspapers of Europe & America, glance at the fashion-sheets of France & the illustrated daily & weekly papers of Paris, London & Leipsic, & find writing materials at your service.

Harmonious sounds draw you to the concert-room where excellent music is discoursed twice a day by a large

orchestra under a praiseworthy pale conductor   Here you begin to notice the
people. Some like the music, some don't care for it,
& some have lost their money, & lulled by
the music are indulging in romantic

dreams

of

future

success.

Others await their friends who are entranced & fixed
round the gaming tables

On presentation of your card at the office of the
'Commissaire Special' your name & address are set down in a book & a ticket
is given to you admitting you for one day to the Cercle des Etrangers de Monaco
After a look round you may have doubts as to the great honour of this admit-
tance. The visitor is supposed to apply for a ticket each day . but the air of an
habitué will carry one past the janitors who carelessly guard the entrance to
the inner rooms containing the tables.   These are two large handsome
saloons — the 1st contains two roulette tables , the 2nd 'la salle mauresque' —
has 1 table for roulette & two for 'trente et quarante'   Round these tables from
noon to nearly midnight — seven days a week — the monde élégant congregates
— from the Yorkshireman to the Japanese

Evening is the gayest time. Such
costumes & toilettes sweep the polished floors
such delicately-gloved fingers clutch the
glittering coins — when they happen to win,
& sometimes when they don't — such a
chinking of money as the croupiers mass the rakings.

This is a sketch of the crowd round a table — all intent on gambling — editors of journals, English Justices of the peace, venerable matrons & innocent girls, beloved sons who are 'travelling', 'artistes', chevaliers of the legion of honour, dames who are not of that legion, Princesses & pick-pockets, Countesses & croupiers. The croupiers desire to be called employés — 6 or 8 of them sit at each table, & 16 or 18 of the public, other players standing. Two of the employés are raised aloft on high chairs — one on each side, behind the cashiers. They give judgment in case of dispute whether they understand the affair or not — there must be no vacillation. At each end of the roulette-tables is a benevolent inspector who adjusts stakes & keeps an eye on his neighbours — sometimes pretty blooming girls, concealing of fresh flowers piles of coin — sensitive to the gaze of the English behind nosegays the fluctuations of their little for there are some players curious bystanders, who are in their turn the observed of other observers.

At one table we saw, next to a lady clothed in red velvet & fur, a widow in her weeds purse in hand, recent grief still furrowing & reddening her face, & her handkerchief rising by habit to her cheek.

All the players prick or otherwise mark on provided ruled cards the varying fortunes of the game, & use the knowledge to direct their play. One man rudely presses forward for information to add to a panorama of thousands of dotted holes which he winds from a machine, perfecting an infallible mechanical system, no doubt. "You must play by system", we are told.

Here is a man who is playing by system.

The rooms are so hot that we cannot stay long at a time in the Casino; however I will tell you more about it another day. Before leaving the gaming-rooms, if desired, a glass of water will be brought by an attendant; for, except in the matter of ventilation, every attention is paid to the visitors, especially the English, who are known as good customers to the 'Bank' — generally depositors. The Bank has frequently been kind enough to lend them money for the expenses of their homeward journey.

I promised to tell you about the romantic old town — perhaps I will in my next letter —

till then I will continue to be your observant Corea.

Monaco
8th Feby 1877

친애하는 G에게

몬테카를로를 관광하며, 건강도 챙기고 기분 전환도 할 겸 이제 모나코의 구시가를 둘러봅니다. 완만한 비탈로 난 차도는 지그재그 모양입니다. 급격히 방향을 틀어야 하는 길이 짧아졌다 길어졌다 들쑥날쑥 이어져 있습니다. 비탈 꼭대기에 있는 문에 이르기까지 이 모습이 계속됩니다.

문을 통과하면 곧바로 서둘러 오른쪽으로 꺾어야 합니다. 조금이라도 늦으면 마차가 바다에 빠져버리지요. 이곳을 지나면 잘 관리된 도로가 쭉 이어집니다. 도로 오른편에는 멋진 빌라들이 줄지어 있고, 반대편에는 후추나무가 공원 가장자리를 따라 길게 줄지어 있습니다. 저와 일행은 커다란 건물을 지나갑니다. 비지타시옹 대학College de la Visitation 입니다(해 질 녘 말끔히 면도한 지도 교수의 냉정한 시선 속에 학위 논문 심사를 받고 있는 학생들의 초연한 태도를 자주 목격할 수 있습니다).

이어서 법원 건물이 나옵니다. 작고 말끔한 건물로, 관리들은 계단에 서서 담배를 피우거나

앞쪽에 난 길을 산책하고 있습니다. 총독과 상급 법원이 공국의 주민 2, 3천 명의 치안을 맡고 있습니다. 예수회 수사Jesuit들은 청년들을 가르치며, 생 모르 수녀회Sisters of St. Maur는 소녀들을 가르치거나 환자를 간호합니다.

이제 팔레 광장Place du Palais에 도착했습니다. 궁전과 마주 보는 위치에 서면 성벽에 쌓인 대포알과 오른편에 쌓인 조개껍데기들이 보입니다. 여러분이 그려볼 수 있도록 올드 아이언 법원 가운데에 섭니다.

그러는 동안 품위 있는 가정의 하인 둘이 말을 타고 아치 지붕이 덮인 길 쪽에서 나타나 거들먹거리며 광장을 가로지릅니다. 아래의 그림에서 이들의 우아한 차림을 볼 수 있습니다. 궁전 맞은편에는 막사와 집이 몇 채 있고, 이곳으로 도로 두세 개가 곧바로 이어져 있습니다. 반대쪽으로 나무들이 줄지어 선 산책로가 나 있고, 1백 년 전쯤 청동과 강철로 만든 대포들도 10여 문 있습니다. 아마도 예전

에 얻었을 승리의 트로피들이 보이는데 어떤 것에는 →⚜️, 다른 곳에는 →⚓️ 와 같은 모노그램[5]이 새겨져 있습니다. 모나코를 다스리는 샤를 3세 대공의 흉상을 대리석 분수가 둘러싸고 있고 바위 끝에 쌓은 낮은 돌담과 그 너머 빌

라프랑카 쪽으로 멋진 풍경이 펼쳐집니다.

우리 일행은 나무 밑 벤치에 앉았습니다. 이제 나뭇잎이
하나도 남지 않아 햇빛을 가려주는 차일을 쳐야 했습니다.
햇빛이 눈부시고 강하기 때문입니다. 이 햇빛 아래에서는
모든 이들이 졸리고 나른해집니다. 정말 멋진 기분입니다!
졸졸 분수가 흐르는 소리, 어린이들의 웃음소리, 그리고 집
주인이 문틀에 화분을 놓는 동안 열린 창문으로 한 남자가 살짝 떨리는 목소리로

 부르는 구슬픈 노랫소리가 바이올린의 은은하고 아름
다운 선율을 타고 흘러듭니다. 모두 듣기 좋은 소리들입
니다. 마차들이 지나다니는 시끄러운 소음이나 흙먼지
도 없고, 진창도 없습니다. 모든 것이 보송보송하고, 밝
고, 또렷합니다.

문을 지키는 근위병들은 가로등 기둥
에 맥없이 기대 있고, 나머지는 나무 아래를 조용히 돌아다니거
나 한가로이 의자에 비스듬히 앉아 있습니다.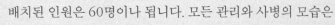

나른해진 정신을 차리고 궁전 안으로 들어갔습니다. 왕실 가족
들이 조용히 드나드는 곳에는 벤치를 비워두었는데 이곳에서는
자연스레 수다 떠는 소리도 그치고, 보초들이 경례를 합니다.

배치된 인원은 60명이나 됩니다. 모든 관리와 사병의 모습은
풍경으로 자주 보아 알고 있습니다. 가지런한 정도에 점수를 매긴다면 이곳의 행
 렬이 아마 세계에서 가장 멋질 것입니다. 사람
들은 키가 크고 잘생겼으며 옷차림이 단정합
니다. 파란색 유니폼의 소맷동과 리넨으로 만
든 옷깃도 깨끗합니다. 서로 나누는 유쾌한 대
화를 엿들어 보면 우리 영국의 민병대와는 전
혀 다릅니다. 어쨌든 우리는 허가를 받았지만

점잖지 못한 광고판으로 벽이 뒤덮인 작은 정원으로 들어갔습니다. 대리석 계단을 오른 뒤, 프레스코 벽화가 그려진 전시실을 따라 대기실 두어 군데를 지나 응접실로 접어듭니다(슬프게도 샤를 대공은 시력을 잃어가는 불행에  시달리고 있습니다. 대부분의 시간을 요트에서 보내는 대공의 아들은 사냥을 좋아하는 스코틀랜드 공작의 여동생과 결혼했으며, 이들은 왕국을 물려받을 아들을 낳았습니다). 우리는 루이 13세와 14세, 15세 시대의 양식으로 가구를 배열한 방들을 여유롭게 거닙니다. 이 방들 중 한곳에서 조지 3세의 동생인 요크 공Duke of York[6]이 유명을 달리했습니다. 이제 궁전에서 나와 광장을 건너 공원으로 접어듭니다.

·약식 제복 차림의 관리

　공원에는 오솔길들이 나 있습니다. 전망대들은 바위 꼭대기에 있는데 그중 몇몇은 절벽 아래쪽에서 선반처럼 튀어나온 바위 위에 만들어졌습니다. 건물의 벽돌로 쌓은 부분과 오래된 벽 사이로 이어지며, 조망 탑 위로 쑥 튀어나온 것도 있습니다. 아주 오래된 요새 쪽을 향한 전망대는 저 아래에서 치는 작은 파도와 날아다니며 투정하는 갈매기들, 광대하게 펼쳐진 깊고 푸른 바다를 멀리 굽어보고 있습니다.

불그레한 절벽은 군데군데 열대 식물들로 덮여 있습니다. 화단에는 알로에, 여러 종류의 선인장, 금잔화, 장미, 제라늄, 헬리오트로프, 노랑색과 분홍색 꽃들을 피우는 관목灌木, 여린 꽃들이 많이 피는 아몬드 나무가 자라고 있습니다. 다른 식물도 많습니다. 키가 작고 넓게 퍼지는 소나무가 그늘을 드리우고, 거무스름하고 위엄 있는 삼나무가 길을 안내합니다. 모든 것이 대단히 아름답습니다. 연인들은 나뭇잎에 이름을 새깁니다. 어떤 프랑스 작가들은 이곳을 에덴동산이라 부른다고 합니다.

우리 일행은 좁고 짧은 거리를 통과한 뒤, 방향을 바꾸어 다시 광장을 가로질러 고풍스럽고 가파른 돌투성이 오솔길을 내려갔습니다.

다음 편지에서도 몬테카를로에서 겪는 일들에 관해 좀 더 적겠습니다.

1877년 2월 8일, 모나코에서
당신의 칼데콧

Dear G   Monaco
                                          8th Feby 1877

For a wholesome change between our visits to Monte Carlo we will now drive up to the old town of Monaco. The carriage way is a zig-zag road built against the glacis — one short zig & a long zag, thus with a gate at the top. When through the gate we are obliged to turn sharp to the right — or else fall into the sea — & go along a well-kept road with bright villas on one hand & on the other a long row of graceful pepper trees edging the public gardens. We pass a large building — the College de la Visitation — (one often meets towards sunset a detachment of the scholars taking processional exercise under the cold eye of a shaven tutor). & then the hall of the tribunal — a small clean building with officials smoking on the steps or strolling about the road in front. A Governour-General & a Tribunal Supérieur administer the justice to the 2 or 3 thousand inhabitants of the principality. Jesuits instruct the youths & the Sisters of St Maur teach the girls & nurse the sick

50

We have now arrived on the 'place du palais — the palace faces us
& a rampart with piles of cannonballs & shells is on our right. Amongst
this old iron I take my stand & make you a sketch.

While doing so two mounted servants of the serene household emerge
from under an archway & ride importantly across the square. Observe
here their graceful seats pourtrayed

Opposite to the palace are
a few painted houses & the barracks.
— the 2 or 3 narrow streets of the town
dividing them   On the other side
is a promenade with rows of trees,
a dozen dismounted bronze & iron
cannons of the last century, some
bearing the monogram ➙
& others ➙ — trophies of
former   victories perhaps

—— a marble fountain surmounted by a trivial sort of bust
of the reigning Prince, His Most Serene Highness Charles III,
& a low wall built on the edge of the rock, over which is a
fine prospect towards Villafranca

We sit down on a bench under the trees, & as they

are now leafless we open our
sunshades, for the sun is bright
& powerful. It makes everybody look sleepy &
feel lazy — quite delightful!   The murmur
of the fountain, the laughter of children, from an
open window the subdued tuneful scraping of a
violin changing into a tremulous male voice
singing a plaintive air as its owner places a
plant on the sill. These are the only sounds.
No racket of traffic, no smoke, no mud. All dry, bright, & clear

The sentries at the gate lean languidly against the lamp posts, the rest of the guard on duty wander softly under the trees or idly recline on the seats.

We rouse ourselves & go into the Palace. Where members of the serene family enter or leave the benches are forsaken, chat ceases, & the guard salutes.

The army is about sixty strong — We know all the officers & all the rank & file by sight. Individually, taking the average of the whole army, it is probably the finest in the world.

The men are tall, good-looking, neat, wear clean linen collars & cuffs with their blue uniform, & seem to be on playful terms with each other —— in short, they are not a bit like our militia. However we pass into a small courtyard with gaudy painted panels all over the walls, up a marble staircase, along a frescoed gallery, through an anteroom or two into the reception saloon. (The Prince suffers under the sad misfortune of being blind. His son, who spends most of his time on board his yacht, married the sister of a sporting Scotch Duke & they have a little boy to inherit these realms.) We stroll through chambers furnished in the styles of Louis XIII, XIV, XV, &c — in one of which the Duke of York, brother to George III, died. —— & then leave the palace, walk across the square, & out into the public gardens.

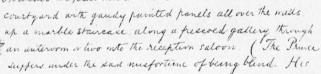

an officer in undress

52

These are built in the form of small paths & terraces
on the top of the rocks & on some of the ledges part way down, running
amongst old walls & masonry & overhanging look out towers, & opening
upon ancient bastions overlooking the querulous gulls riding on the glancing
wavelets far below; & commanding a vast expanse of deep blue sea.

The ruddy cliffs are partially covered with tropical plants, the beds are
set with aloes, prickly pears & other varieties of cactus, with marigolds & roses,
bushes of geranium & heliotrope, shrubs bearing yellow flowers & pink, with

almond trees now displaying their wealth of
delicate blossom & many other plants, shaded
by small dark spreading pines
& guarded by sombre dignified
cypresses. All very beautiful
to behold. Lovers engrave
their names on the leaves of
the plants, & French
writers call the place
an Eden. But we
must leave it.

Turning through a
short narrow street & again crossing
the square, we descend by the quaint
steep stony footway.

I shall have more to tell you about
the doings at Monte Carlo.

Yours affectionately
Corka

Monaco. 17th Feby 1877

친애하는 G에게

어느 오후, 우리는 망통의 거리를 거닐다가 바다와 언덕, 올리브 나무들이 어우러져 멋진 경치가 바라보이는 곳에 도달했습니다. 돌로 만든 벤치가 놓여 있었는데 등이 굽은 노인이 앉아 있었습니다. 노인 앞의 벽과 벤치 위에는 룰렛 볼Roulette Ball[7]을

여러 번 돌린 결과가 찍힌 카드들이 무수히 흩어져 있었습니다. 그는 미래의 운수를 살펴보고 있었습니다. 우리는 돌아가는 길에 작은 책을 읽고 있는 목사님도 만났습니다.

· 항상 빨강에 거는 남자

이곳은 요양을 위한 휴양지입니다. 그러나 카지노가 돌아가는 동안에는

모나코의 상쾌한 산들바람이 신사 숙녀 들에게 좋은 영향을 줄 기회가 그리 많지 않은 것 같습니다. 호텔 드 파리에 머물더라도 카지노를 이용하지 않는다면 쓰고 있는 방을 즉시 비워달라는 요구를 받습니다. 중요한 인물들이 호텔로 들어와 마치 동물원에 오기라도 한 것처럼 여기저기 둘러볼 것입니다.

· 늙은 도박꾼

·한도까지 돈을 거는 신사 ·귀걸이를 전당포에 맡긴 숙녀 ·방금 부동산을 판 숙녀 ·만지지 마시오

호텔들은 만원이고 카지노는 언제나 붐빕니다. 도박을 하지 않는 사람을 찾기 힘들 정도입니다. 험악한 인상의 소유자는 물론 심지어 기품 있는 사람조차 도박을 즐깁니다. 여기 조용하고 상냥해 보이는 아가씨도 도박을 즐깁니다.

느긋하게 기웃거리는 사람들과 꾸준히 좋은 성적을 내는 사람들 중 일부는 때때로 호기심 가득한 눈으로 큰돈을 걸고 일확천금을 꿈꾸는 이들의 게임을 지켜봅니다. 다음 쪽의 그림에서 어쩌면 진짜 공주일지도 모르는 공주 차림의 여인은 모든 규칙을 무시하고 룰렛 테이블의 곳곳에 거리낌 없이 동전을 뿌립니다. 그 아래 그림의 젊은 영국인은 1천 프랑짜리 지폐를 '30:40$_{Trante\ et\ Quarante}$'[8]에 걸고 몇 분 더 즐긴 뒤, 일어서서 테이블 쪽에 점잖게 절을 하고는 5만 프랑을 챙겨 물러났습니다.

그리 멀지 않은 곳에서 영국인을 또 한 명 발견합니다. 그렇게 썩 재미있어 하는 것처럼 보이지는 않습니다. 도박을 하지 않겠다고 굳게 다짐했지만 결국 유혹에 빠지고

만 듯합니다. 아마도 주변 사람들에게 놀림을
받았을 그 사람은 조심스레 얼마쯤 걸었겠지
요. 돈을 잃자 더 많이 걸었습니다. 그리고 이제
는 잃어버린 걸 모조리 되찾고서야 도박을 그
만두겠다고 단단히 결심한 표정으로 앉아 있
습니다.

여기 모인 사람들은 대부분 칸이나 니스, 경
치가 좋은 망통에서 하루쯤 머리를 식히기 위
해 왔습니다. 다른 사람들은 공중에 날린 비둘
기를 쏘아 맞추는 비둘기 사격을 즐기러 온 영국 장교와 남작, 프랑스의 후작과
백작, 그리고 몇몇 나라의 왕자들입니다. 그
들은 아름다운 풍경, 화창한 날씨, 흥겨운 사
람들에 푹 빠졌고, 모나코 해수욕협회Société
des Bains de Mer, SBM[9]가 현명한 지침에 따라 추
천한 명소들에도 매료되었습니다. 니스와
모나코의 시내는 외국인 방문객들에게 풍요
롭고 장엄한 인상에서 서로 뒤지지 않으려
애씁니다. 새로 도착한 사람들의 접시 위에

는 "이곳은 동화의 나라입니다"라고 적힌 작은 팸플릿이 놓여 있습니다. 카지노 폐쇄를 프랑스 정부에 탄원하는 니스와 망통의 고매한 주민과 상인 들이 만든 또 다른 팸플릿에는 지난 몇 년간 겨울에 자살한 사람들에 관한 자세한 정보를 담은 목록이 실려 있습니다.

아름다운 경치와 매일 오후 니스에서 찾아오는 우아한 숙녀, 호화롭게 장식된 술집 등 모든 것이 대단히 흥겹고 아름답습니다. 사람들은 이것을 '귀족 사회와의 만남이자 겨울 한철 동안의 유럽 탐구 여행'이라고 부릅니다. 이 고귀한 인물들 중에서 몇 사람의 얼굴을 골라 그려보았습니다. 너무 여러 종류의 게임을 한 탓에 자신이 이긴 게임과

다른 사람이 이긴 게임을 구분하지 못하는 영국 숙녀들과 집안 식구들의 일상, 즉 출입이 금지되었던 방으로 방금 돌아간 이들의 모습입니다. 카지노의 지침은 이런 상황들을 고민한 결과입니다. 그러니 여러분도 관대해지기를 바랍니다. 모나코에선 영국 교회를 짓고 목사님을 초빙하거나 이곳에 체류할 수사관을 두어 봉급을 줄 것을 권하고 있습니다. 다만 이러한 제안들은 아직 받아들여지지 않았습니다. 이곳에 머무는 동안 사람들과 잘 어울리지 못하던 조용한 부부를 카지노를 비롯한 그들의 즐거운 위안거리로부터 격리

Angleterre
voyageuse

영국인 관광객

해, 제가 그들의 편지를 망통까지 전하는 것은 유감스러운 일입니다. 그리고 삶의 지루함을 이겨내기 위해, 혹은 부드러운 목소리와 손길로 자신을 돌보는 가족의 마음에 약간의 안도감을 주기 위해 이곳에 머무는 병약자들을 위안거리로부터 떼어놓는 것도 유감스러운 일입니다.

카지노에 자주 다니는 사람 중 열두세 살쯤 되는 소녀가 있습니다. 노련한 노름꾼의 딸입니다. 어느 날 밤, 소녀와 그녀의 보모가 자신들의 운을 시험하는 광경을 목격했습니다. 소녀는 열심히 바라보는 구경꾼의 마음속에 미스 포인터의 『나의 작은 숙녀』[10]를 상기시켰지요.

이런 즐거움을 널리 알리고 흥미로운 사람들을 유인하는 서랍장 같은 블랑 씨M. Blanc[11]는 실로 위대한 사람입니다. 블랑 씨는 딸을 늘 흰 모자(그의 장인에게는 자상한 존경의 표시)를 쓰고 있는 왕자[12]와 결혼시켰습니다. 어떤 사람들은 블랑 씨가 모나코 공公의 칭호부터 토지, 궁전 등 모든 것을 사겠다고 제의했다고 합니다. 블랑 씨는 돈이 많이 드는 파티와 만찬, 무도회를 열고, 비둘기 사격 대회에 큰 상금을 걸기도 합니다. 그는 모든 일이 제대로 돌아가도록 처리하고 있습니다. 그러나 우리는 3세기에 모나코 공국의 수호성인이 될 데보타 성녀 Saint Devota[13]의 시신이 실린 배를 이 항구로

인도한 비둘기가 19세기의 이곳에서 어떤 '위안'을 추구할지 예견했더라면, 다른 곳으로 배를 인도했을 것이라는 생각을 하지 않을 수 없습니다.

모나코 역에 내렸을 때, 우리는 방금 마르세유에서 온 길동무들—망통으로 향하는 한 귀부인과 두 딸—의 쿡 선장에 대한 슬픈 이야기[14]를 이

· 독서실에서
· 30:40 연구 중

해하기 시작합니다.

음식 값이 결코 싸지 않은 호텔 드 파리의 레스토랑에는 큐피드, 게임 장면 등을 그린 그림이 여러 점 걸려 있습니다. 서투른 솜씨로 그린 큐피드, 녹초가 된 비둘기, 그리고 비단 주름 장식은 몬테카를로에 어울리는 상징입니다.

이제 우리 일행은 그 상징들과 작별하려 합니다.

1877년 2월 17일, 모나코에서
당신의 칼데콧

Dear G   Monaco. 17th Feby. 1877

        Walking one afternoon along the Mentone road we reached
a point commanding a fine view of sea, hills, & olive-trees. There was a stone
seat, & on it sat an aged round-backed man. On the wall & bench before
him were spread out many cards dotted with the results of numerous twirls
of the roulette ball. He was studying his chances for the future.
                          As we turned away we met a priest reading
                    in a little book as he walked.
                          This is talked of as 'a health-resort', but while
                    the Casino goes on the balmy breezes of Monaco
will not have much opportunity of affecting respectable people. If you stay at
the Hôtel de Paris & do not play your room is wanted. The worthy folks who
do come, come to stare round as they would in a menagerie.

But the hotels are full, & the Casino is usually crowded. There are few who do not play. Even this proper & forbidding-looking person plays —— so does this quiet & pleasant-looking girl

Occasionally the loungers & some of the steady players give their in-quisitive attention to the ~~play~~ game of certain 'plungers' May be a Princess, who sows her coins all over the roulette-table with impartial hand & in defiance of all system. ——

or a young Englishman who plays with 1000 franc notes at 'trente et quarante', & after a few minutes' play, rises, makes a polite bow to the table, & retires winning 50,000 francs.

Not far away we shall find another Briton not nearly so interesting. He came with no intention to play, but he was tempted — perhaps 'chaffed' — into venturing a trifle. He lost it & much more & now sits down determined to win all back & then give up gambling

Many of the crowd are visitors from Cannes, Nice, & respectable Men-tone, come for a day's distraction. Others are pigeon-shooting English Captains & baronets, French Marquises & Counts, & Princes of several nations. They are allured by the beautiful scenery, the genial weather, the gay company, & the attractions held out by the 'Société de Bains de Monaco' under a direction as intelligent as amiable &c&c. The town of Nice & the direction of Monaco strive to out do each other in lavishness & magnificence to the profit of the foreign visitors. It is a fairy land" &c &c   so says a little pamphlet put by each new arrival's plate. Another pamphlet, put forth by the respectable residents & tradesmen of Nice & Mentone who are petitioning the French Gov't to interfere & do away with the Casino, gives a complete list with particulars of each case, of the suicides for the last few winters

All is very gay & beautiful — the scenery, the fine ladies who come over from Nice every afternoon, & the gilded saloons. They call it the "rendezvous du monde aristocratique : le coin recherché de l'Europe voyageuse pendant l'hiver". Here are a few faces drawn without much selection from this distinguished throng —

— An English lady who played so extensively that she could not discriminate between her own winnings & other people's has just returned to the privacy of her family circle at P——, having been forbidden the rooms. The direction was grieved to do this. It desires to be generous. They say it has offered to build an English church if a chaplain will come, & to pay an English detective if he will sojourn here. These offers are not yet accepted. It is a pity to keep these comforts from ~~such~~ ~~the~~ quiet retiring couples who stay here, but have their letters directed to Mentone, & from the valetudinarian who lingers here not only to overcome the tedium of his own life, but also to give some little relief to the thoughts of the relative who tends him with gentle voice & hand

62

A frequent attendant at the Casino is a girl of about 12 or 13 years — the daughter of an experienced gambler. One night we saw her & her nurse trying their luck — calling Miss Poynter's "My Little Lady" to the mind of one eager observer

The promoter of all these delights the gatherer together of these interesting people, the chiffonnier — so to speak — M. Blanc, is a great man daughter to a prince who al hat — (a delicate compliment to say M. Blanc has proposed Monaco his title. Lands.

he has married his ways wears a white his father in law) Some to buy up the Prince of palace everything.

He gives costly fêtes, dinners, balls & great prizes for pigeon slaughtering. He does all well. But we can't help thinking that if the dove that in the 3rd century towed the boat bearing the body of the future patronne of the Principality, Sainte Dévote, into this harbour had foreseen what "sport" would be pursued here in the 19th century it would have sought another haven for its favours.

And we are now beginning to understand the sorrowful looks of our fellow-travellers from Marseilles — a lady & 2 daughters going to Mentone — when we alighted at Monaco station

In the restaurant of the hôtel de Paris — which is not cheap — are some painted groups of Cupids game &c. A daubed Cupid a shattered pigeon & a silk flounce are fit emblems of Monte Carlo.

So we will say Good bye to it for the present —

Yours Carra

Sketches At Buxton

1877년 3월

벅스턴에서 그린 스케치

류머티즘에 걸린 사람의 그림

세인트 앤 절벽에서 바라본 경치

공원 산책

살롱에서 (일하는 숙녀들과 밴드의 연주)

제멋대로인 멋쟁이 신사

해리어 사냥개들과의 만남

산책로

· 벅스턴 사내들의 행진곡

저마다 취향은 제각각

심장 합병증

낚시꾼

Blisson's Last Round

1877년 12월 크리스마스 특집

블리슨의 마지막 연주[1]

거북이 악단

그날 저녁 에프라임의 집에서 거북이 악단 단원을
두 명 더 발견했다. 내 연주를 듣기 위해 일부러
찾아온 것이었다. 내가 연주할 수 있는 곡을 들려주자
모두 침통하게 고개를 가로저었다.

그런 뒤 디키 도드는 아득한 옛날부터
내려오는 관습대로 코담배를 돌렸다.

막 백주산을 입에 대려던 디키의 얼굴이
갑자기 변했을때, 그의 시선이 가리키는 쪽을
따라가자 곧바로 그 이유를 알아차렸다.
……그 남자는 낙심한 채 벽시계에 기대 서 있었다.

"세상에, 윌 블리슨이잖아!"

그의 형체가 멀어지기 시작해 우리 앞에서
서서히 흐려지더니 사라져버렸다.

Mr. Chumley's Holidays

Being his Sketches therein and Notes thereon.

1878년 6월 여름 특집

첨리 씨의 휴가

그의 스케치와 짤막한 기록

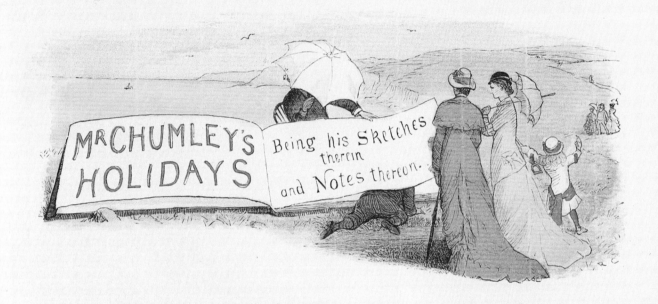

지 나가는 이들이여, 잠깐 와서 이 스케치를 보십시오. 건강한 영국인이 야외에서 열심히 그림을 그리는 화가의 어깨 너머를 훔쳐보는 데에는 어떤 허락이나 초대 도 필요하지 않습니다. 점잖든 무례하든 여러분 모두는 이 자리에서 상식선까지는 호 기심을 채우게 될 것입니다. 저는 여러분에게 제 스케치북을 보여드리려 합니다. 숙녀 여러분, 부디 양산을 펴고 풀밭 위에 앉으십시오. 풀밭은 보송보송하고 이곳 절벽 위에 부는 산들바람은 활기를 실어 나릅니다. 이제 풍경 스케치는 사회적인 추세에서 벗어 나 외로운 작업이 되었습니다. 우리의 영혼이 세속적인 무언가를 갈망하며 자연이 이

룩한 순수한 결과를 당연하게 여기는 경향이 있기 때문입니다. 때문에 저는 여러분이
휴가를 보내는 사람들과 그 관습을 묘사한 저의 스케치에 흥미를 느끼기를 바라고 기
대합니다. 이 그림들은 사교적인 성격 탓에 거친 들판에서 그림 그리는 데 지친 리처드
첨리[1]가 여러 마을과 온천 도시에 머무는 동안 그린 것들입니다. 얼핏 보면 여러분을 감
동시킬 만한 요소가 눈에 띄지 않겠지만 스케치를 넘기다 보면 이곳저곳에서 가벼운
감상에 젖어들며 마음이 부드럽게 흔들릴 것입니다.

　스카버러[2]에 있는 스파의 아침 풍경을 그린 위 스케치를 보십시오. 이곳은 목
욕이나 수영을 즐기는 곳이자 젊은 숙녀에게 큰 기쁨을 주고 과부에게는 희망을 주는
곳, 모험가의 사냥터, 8펜스를 내면 한 시간 동안 말을 탈 수 있는 곳입니다. 온갖 사람
들이 이곳을 찾습니다. 부자와 가난뱅이, 아름다운 사람, 엄숙한 사람, 명랑한 사람, 노
인과 젊은이, 높고 낮은 신분의 사람들이 다양한 목적을 가지고 이곳에 모여듭니다. 많

은 이들이 약혼식이나 결혼식을 위해 오고, 어떤 이들은 오락과 사교를 위해 스카버러를 찾기도 합니다. 건강이 목적인 사람들도 있습니다. 이렇게 스파까지 걸어서 오가는 것도 스카버러에 머무는 두 가지 큰 목적 가운데 하나입니다. 구불구불하고 그늘진 길을 따라 절벽 아래로 내려가, 다른 사람들과 어울리는 것도 필수적인 일과입니다. 누구나 그 시간을 놓치지 않으려 할 만큼 신 나는 일이지요. 아침마다 젊고 아름다운 여인들의 행복한 얼굴—대개 햇볕에 탄—을 보는 것은 뭇 사내의 가슴에 기쁨을 선사합니다. 소녀 태를 벗은 여인들의 우아한 몸짓과 차림새를 찬찬히 살펴보는 일은 남자의 호기심에 불을 붙입니다.

스카버러에 머무는 또 하나의 커다란 목적은 춤입니다. 위의 그림은 무도회 풍경을 스케치한 것입니다. 몇몇 호텔에서는 매일 밤 무도회를 엽니다. 작별을 위해 밤새도록 여는 약식 무도회도 있습니다. 아! 활동적인 모험가들에게 이곳은 정말 훌륭한 장소입니다.

다음 페이지 위쪽의 그림은 바닷가로 향하는 장면입니다. 바닷가에 머물다 보면 없던 용기도 생긴다는 사실을 알아냈습니다. 그리고 가장 놀라운 징후 중 하나는 평소 집에서라면 승마를 고려할 배짱도 없을 사람들의 두드러진 태도 변화입니다. 그런 이들에게 바다 냄새를 약간 맡게 한 뒤, 몹시 지쳐 금방이라도 쓰러질 듯한 늙은 말을

타고 주름진 바지처럼 잔뜩 웅크려 볼품없는 자세로 잠시 주변을 거닐게 합니다. 그다음 모래 위를 뛰놀며 환호성을 지르는 사람들을 보여주면, 그들의 마음은 즉시 반 크라운을 내고 스릴 넘치는 승마를 즐기고 싶은 욕망으로 가득 찹니다.

그런 부류 몇 명이 지나가네요. 조심하십시오. 저의 눈에 비친 이들은 승마에 푹 빠진 듯합니다. 그들의 식욕은 틀림없이 솟구칠 것이며(여러분은 남들이 점심 식사를 하는 동안 지켜볼 만큼 무례했던 적이 있습니까?), 부디 그들이 다른 예의 바른 이들을 때려눕히는 일이 없기를 바랍니다.

물론 말을 타고 있는 다른 사람들과 그 주위로 우아한 척하려 애쓰는 사람도 있습니다. 그러나 그들을 스케치하는 것은 결코 쉽지 않은 일입니다. 아시다시피 우아함이란 무척이나 미묘하기 때문입니다.

왼쪽 스케치는 해변의 사교계 풍경에서 고른 것입니다. 엄마 곁에 있는 소녀를 보십시오. 분명 시골에서 왔을 것입니다. 외진 마을 출신으로 한 달가량 이곳에 머무는 젊은 숙녀들 중에는 대단히 매력적인 사람

이 많지요. 이들은 벽촌의 고향에서 친분만 있고 거의 만나지 않는 사람들 틈에서 어수선한 꽃 박람회, 푸근한 장터, 드물게 열리는 가든파티에 참석하며 한 해의 대부분을 꿈에 젖어 보낸다고 털어놓습니다. 시골에서는 나름 색다른 사건이라 할 수 있는 합창단 모임을 제외하면 사람들이 모인 광경을 보기 어렵습니다. 그나미도 너무 많은 사람이 뒤섞였지요. 그런 이들에게 이곳에서 다른 사람들을 만날 기회가 생기는 것은 고마운 일입니다. 또한 소녀티를 막 벗고, 소도시의 잡초투성이 광장이나 다각형 공업 도시의 잿더미 속에서 아무 목적도 없이 틀에 박힌 일상을 보내는 것에 싫증을 느끼고 스카버러로 와 만찬에서 다양한 사람과 어울리거나 늘 불을 밝힌 무도회장에서 신 나게 춤을 즐기는 숙녀들을 만나게 된 것도 반가운 일입니다.

우리 남성들은 이 숙녀들 중 몇몇이 외모와 상관없이 상당한 지위에 오른 남자들의 프러포즈를 긍정적으로 받아들이는 광경에 기뻐해야 합니다. 다만 온천 도시를 산책하고 있을 때는 그의 외모만으로 지위를 알아내기란 대단히 어렵습니다.

이러한 장소들이 결혼을 얼마나 부추기는지 잘 아는 저는 모든 노처녀를 위해 신사 열 명의 직업을 알아내는 수고를 아끼지 않았습니다. 이들은 호텔 사교계의 결혼 적령기 미혼남 집단에서 추린 목록입니다.

상단 그림에서 왼쪽 첫 번째 사람은 런던의 소매상입니다. 그다음은 지방 변호사, 그다음은 토지 관리인 겸 부동산 감정인입니다. 네 번째는 귀족, 그 옆은 '마커 대령 Captain Marker'이라 불리는 인물입니다. 그 아래쪽으로 내려가면, (일터에서 3주간 해방된) 은행 지점장이고, 그 아래는 랭커셔 혹은 웨스트 라이딩에서 온 제조업자, 그다음은 버밍

엄에서 온 젊은 장의사입니다(그의 콧수염은 엄숙한 직업에 비해 너무 경박하고 속됩니다만). 그다음은 술집 주인, 마지막은 화가입니다. 이 신사들 각각의 장점과 가치를 쉽사리 파악할 수 없기에 머리 옆에 숫자를 두 개씩 적어놓았습니다. 이 숫자들은 열 명의 지위를 비교해본 결과를 나타냅니다. 위쪽의 좀 더 큰 숫자는 금전적 가치를, 그 아래 숫자는 인품의 순위를 대강 매겨본 것입니다. 예를 들어, 런던에서 온 소매상은 금전 부문에서는 아마도 세 번째, 인품에서는 여덟 번째일 테고, 화가는 금전적 면에서 (만약 양심적이라면) 열 번째이며 (왕립 미술원 회원이 아닐 경우) 인품 면에서는 첫 번째입니다.

물론 필요한 경우라 할지라도 저는 여성에 대해서는 어떠한 목록도 작성하지 않을 것입니다. 많은 여성이 저마다의 매력과 어울림을 지니고 있는데, 그들을 비교한다는 것은 혐오스러운 일입니다.

위의 작은 그림 속 신사와 숙녀는 일요일 아침 예배가 끝난 뒤 정기적으로 이루어지는 산책 시간에 스케치한 것입니다. 이 시간에는 낯설고 흥미로우며 매력적인 사람들이 제일 좋은 옷을 차려입고 모여듭니다. 손에 성서를 들고 있지 않더라도 수다스럽게 주고받는 대화나 밝은 표정으로 예배에 참석했던 사람들을 알아볼 수 있습니다. 이 모습은 예배에 불참한 사람들의 무겁고 언짢은 표정과 좋은 대조를 보입니다.

남쪽 절벽(오른쪽 그림은 절벽 쪽에서 그린 스케치입니다)의 나무로 둘러싸인 아늑하고 조용한 곳에서 햇살 눈부신 오후 동안 불장난을 치며 내뱉은 약속을 저버리거나, 연주하는 악단 근처를 느긋하게 거니는 사람들로부터 떨어져 아늑한 저녁을 속삭이며 보내는 것은 옳지 않습니다. 어쨌든 요크셔 해안의 저녁은 항상 아늑하지는 않지만, 언제나 유쾌하다고 장담할 수 있습니다.

오른쪽 스케치는 뱃사공이 휴가를 온 부부 두 쌍에게 자기 배로 뱃놀이를 나가자고 권하는 장면입니다. 뱃사공의 얼굴을 자세히 살피면 "뱃놀이하기 아주 좋은 날입니다"라고 말하는 것이 보일 것입니다. 이 대사는 하늘과 바다의 상태와는 상관없이 건장한 뱃사람들이 상투적으로 쓰는 표현이라는 것을 명심해야 합니다.

개인적으로는 아직 손님을 끌지 못한 선주가 날씨에 대해 하는 말은 신중하게 받아들여야 한다고 생각합니다. 이 스케치에 묘사된 사람들은 야유회를 완벽히 즐기는 데 대단히 열심인 순진한 사람들처럼 보입니다. 이들은 가지고 있는 것 중 가장 화려한 옷을 차려입었을 것입니다. 결혼 예복을 입은 신혼 부부 같았기 때문입니다. 결혼한 지 얼마 안 되었거나 혹은 곧 결혼할 사이로 보였습니다.

다시 닿기를 간절히 바랐으나 영영 되돌아오지 못할 뻔한 해안으로 들어오고 있는 이들을 묘사한 왼쪽 그림을 보면, 뱃사람의 유혹을 맹목적으로 신뢰할 경우 일요일 나들이옷을 입는 즐거움이나 그리 비싸지 않은 담배를 피우는 기쁨은 사라질 수도 있다는 사실을 깨달을 수 있습니다. 통 넓은 바지를 입은 배신자의 범행을 너무 늦게

알아차리고 감쪽같이 속은 사람들의 표정이 어떤지 그림 속에서 다시 살펴보십시오. 아침 나절에 느꼈던 행복은 어디 갔습니까? 담배와 미소는 어디로 사라진 걸까요? 심각하고 끈질긴 내적 갈등은 없으나 아까의 흥분을 포기하지 않은 희생자들의 얼굴이 대변하고 있습니다.

　　그들의 슬픔에 동정을 보내며 이 우울한 장면에서 벗어납시다. 이에 대해 너무 자세히 생각하는 것은 휴가에서 얻는 풍성한 기쁨을 단숨에 지우는 냉정이 번지게 만들지도 모르니까요.

두 쪽에 걸쳐 스카버러 남쪽 만의 전경을 보여드립니다. 모래는 썰물에 쓸리고 있는 이 해변을 찾아온 사람들 중 몇몇은 운동 삼아 말을 타고, 몇몇은 당나귀를 타고 있습니다. 조랑말이 끄는 마차를 타는 사람들도 있고, 아주 어린 관광객은 유모차를 타고 있습니다. 모래성을 쌓는 사람, 밀물과 썰물이 만들어놓은 작은 웅덩이에서 물장난을 즐기는 사람들도 있습니다.

그림 왼편의 중간쯤에 이동식 탈의실이 있는데, 시력이 좋으면 그곳에서 몸을 씻는 사람을 볼 수 있습니다.

만을 가로지른 너머에는 옛 시가지와 항구가 있고, 이러한 풍경 위로 폐허가

된 성이 우뚝 서 있습니다. 아쉽게도 저는 이 성의 역사를 알진 못합니다. 성에서 바다 쪽으로 뾰족하게 뻗은 땅의 반대편에 또 하나의 만, 북쪽 만이 있습니다. 사람들이 파도 속에서 수영하거나 부두를 산책하고 있지만, 남쪽 만의 풍경과는 전혀 다른 분위기입니다. 유행에 민감한 사람이 적고, 물도 더 차가워 스파를 애용하는 사람들은 그곳까지 가지 않습니다. 이 지역을 통틀어 사람들의 사랑을 듬뿍 받는 장소라 할 수 있는 스파는 하루 두 번, 아침과 저녁에 문을 엽니다. 이때 옷은 체면치레에 더없이 유리한 수단입니다. 실제로 숙녀들은 모습을 드러낼 때마다 새 옷으로 갈아입는 것이 거의 필수적인 요건이라고 할 수 있습니다.

영국의 여름은 비를 피할 수 없습니다. 정말 자주 내리지요. 때문에 궂은 날에는 위의 스케치처럼 파티가 마련해주는 즐거움 외에 따로 즐거운 오락거리를 손수 마련해둘 필요가 있습니다. 이들은 흡연실에서 할 수 있는 온갖 일을 다 해본 듯합니다. 어제 신문, 또 그 전날의 신문까지 읽었습니다. 담소를 나누고, 담배를 피우고 술을 마시다가 다시 담배를 피운 뒤, 이제는 형언할 수 없는 절망감에 빠져듭니다. 이를 본보기로 삼아 여러분은 휴가 중 오래 이어질 수도 있는 궂은 날들에 현명하게 대비하길 바랍니다.

신사와 숙녀를 그린 왼쪽 페이지 하단의 작은 스케치에 그다지 흥미로운 구석은 없습니다. 신사는 스카버러에 있는 스파의 웰 룸Well Room[3]에서 숙녀에게 물 한 잔을 건네고 있을 따름입니다. 이곳의 미네랄워터는 두 종류인데, 이를 섞어 마시는 것은 현명하지 않습니다. 그럼에도 많은 사람들이 이를 시험합니다. 여러분에게 이 광경을 보여드리는 것은 그림을 선보이는 동시에 웰 룸이야말로 따사로운 날 연애하기에 매우 적절한 장소라는 사실을 알려드리기 위해서입니다. 그러나 안이한 생각이었나 봅니다! 모든 사람이 이미 알고 있는 지식이 무슨 소용 있겠습니까?

스파에서 산책을 즐긴 뒤에는 해변을 따라 한가로이 거닐 수 있습니다. 그리고 삽과 바구니를 든 행복한 아이들이 모래로 장식품 같은 집과 정원을 지은 뒤 그 주변에 도랑못을 두르고, 터키 사람과 러시아 사람으로 분장해 노는 풍경을 떠올립니다. 위에서 이 모습을 담은 작은 그림을 볼 수 있습니다.

이곳에 놀러 오는 이들 대부분은 신 나는 일에 목말랐던 것이 분명합니다. 이곳에서는 수족관, 극장, 서커스, 음악대, 야생동물 쇼는 말할 것도 없고 크리켓 시합, 경마, 수영 축제, 선상 시합과 같은 다양한 행사들이 열리기 때문입니다.

이런 신 나는 일들 중에서 유일하게 평범하지 않게 느껴질 만한 것이라면 역시 선상 시합이겠지요. 이 경기를 본 적 없는 이들에게는 상상할 수 없었던 멋진 경험이 펼쳐지기 때문입니다. 다음 페이지의 스케치에 주목해 주십시오. 꼭 끼는 수영복 위에 조잡한 천으로 만든 화려한 색깔의 셔츠를 입은 사람이 뱃사람 혼자 멍하니 노를 젓고 있는 뱃머리에 대충 걸쳐놓은 널빤지 위에 서서 끝에 보호대를 댄 장대로 다른 배에 탄 사람을 찌르는 모습은 인상적일 뿐 아니라 유익한 구경거리입니다. 마찬가지로 상대방도 모험심 강한 이 사람과 비슷한 차림입니다.

중세 시대의 용감한 기사들은 적어도 자신이 탄 말을 마음대로 부릴 수 있는 육

지에서 마상 시합을 벌였습니다. 이 인기 시합을 모방한 수상 경기에서 겨루는 두 사람의 운명은 전적으로 배를 모는 선원에게 달렸습니다. 맞서 싸우는 것 외에는 할 수 있는 것이 없다 보니 기사들은 거리가 좁혀지자마자 용감하게 공격합니다. 두 사람은 장대를 허공에 휘두르고 솜씨 좋게 막아냅니다. 그러나 상대가 다른 때보다 더 강력하게 돌진하거나 유난히 '높게 인 파도' 때문에 균형이 깨지면 한 명이 휘청거리기 마련입니다. 일단 말에서 떨어지면, 다시 말해 물에 빠지는 순간 '바다'의 챔피언 중 한 명은 끝장납니다. 문자 그대로 전투력을 상실하게 되지요. 안쓰럽게도 나이 든 쪽이 곤경에 빠졌습니다. 풀밭 위에 놓인 바닷가재처럼 무거운 갑옷에 뒤덮여 큰대자로 뻗어버리고 말았습니다. 기사라면 신뢰할 만한 시종이 있어서 자기 발로 일어나 다시 말에 올라타도록 도와줄 것입니다. 그러나 전투에 패한 스카버러의 바이킹은 단순히 말에서 떨어지는 정도가 아닙니다. 아예 물고기들의 영역으로 자연스럽게 퇴장하게 되지요.

· 브라운네 탈의실

산책을 계속 하다 보면 친한 사람끼리 무리지어 모여 있는 광경을 우연히 마주하게 됩니다. 이들은 정처 없이 거닐다 작고 조용한 만에 자리 잡고, 바다에서 불어오는 부드러운 산들바람, 쾌적한 햇살, 그리고 유쾌한 기분을 만끽합니다. 툭 튀어나온 바위에 의해 완벽하게 차단된 지척의 도시와 인파에 대해서는 아무런 생각조차 떠오르지 않습니다. 일행 중 한 여성이 해변과 바다의 일부를 그리고 있었는데, 그 모습을 지켜보았다면 마땅히 그녀와 그 일행을 그리는 것이 해변과 바다에 대한 예의겠지요. 그렇게 그린 그림에는 〈바위 뒤에서〉라는 제목을 붙였습니다(위를 보십시오).

대체로 남자들은 외투를 자주 갈아입지 않습니다. 그러나 아침이 몇 번 지난 뒤에 유독 눈에 띄는 복장을 발견했습니다. 그 가운데 하나가 〈스파에서〉라는 제목의

스케치입니다. 이 그림에는 숙녀들이 줄지어 앉아 있는 것을 기회 삼아 자신의 옷과 물푸레나무 지팡이, 강아지를 과시하고 있는 신사가 묘사되어 있습니다.

　이 신사의 태도는 바닷가 공기가 미치는 또 다른 별난 영향을 상기시킵니다. 일상에서 벗어나 휴가를 얻어 바다를 찾은 이들 중에는 모르는 사람들 사이에 있을 때에 비로소 스스로의 참모습이나 타고난 재능을 발견하는 인물이 많습니다. 앞서 냉소적으로 단정했던 것처럼, 집에서는 자신이 어떤 사람인지 몰랐다기보다는 해변 공기의 영향이라고 다시 한 번 주장하는 바입니다. 이 공기 때문에 그들의 콧수염이 뒤틀리거나 걸음걸이가 바뀌고, 고상한 말투를 구사하게 되는 것입니다. 이러한 영향은 보통 '젠체한다'고 받아들여지는 것과는 다릅니다. 다시 말해 '바닷가'라고 불리는 장소의 독특한 성질을 암시합니다.

　아래 그림은 소풍 장면을 스케치한 것입니다. 점심 식사를 위해 음식을 차리고 있지요. 보시다시피 거창한 음식은 아니고 특별히 흥미로운 장소도 아닙니다.

모인 사람은 분명 적습니다. 그러나 참석자들을 얼마나 조심스럽게 선별했는지, 그리고 그들이 얼마나 만족했는지에 주목해주십시오. 제가 부러운 시선을 보냈을 때 참석자들은 매우 즐거워하고 있었습니다. 뒤쪽에 자리한 노신사의 간절함도 살펴보십시오. 신선한 공기와 충분한 운동으로 인해 식욕이 왕성해진 탓인지 땅바닥에 앉아 차가운 닭고기와 샐러드 먹는 것을 전혀 개의치 않는 듯합니다. 경치가 그리 빼어나지도 않고 여인들 또한 결코 매력적이지 않으며 인원도 적은 편이지만, 유쾌한 기분과 솔직한 마음에서 우러나오는 흥취가 없다면 그 어떤 소풍이라도 실패하고 만다는 점을 지적하고 싶습니다. 휴가 중 산책 시간을 맞아 어디를 거닐든 쾌활한 정신과 편안한 양심만 있다면, 자연은 황홀하고 호텔 음식도 먹을 만합니다. 이 조건들은 괜찮은 합의점을 보장합니다. 어떤 호텔은 불평할 구실만을 제공하기 때문이지요. 저는 언제나 만났던 이들이 어땠는지로 그때의 휴가를 기억하고, 투숙객들로 호텔을 평가합니다.

어쨌든 우리 모두—남자들 말입니다—아름다운 여인들의 매력이 효력을 다해 접시에 놓인 고기가 너무 익어 질기다는 점을 깨닫고, 게다가 이 메뉴가 결코 바뀌지 않을 것이라는 사실을 눈치채고야 마는 끔찍한 상황에 빠지지 않도록 주의해야 합니

다. 만일 그런 경우라면 산책도 포기해야 합니다. 그런 이들은 스카버러나 해러게이트[4]와 같은 곳에서 볼 수 있는, 좌석을 가득 메운 만찬의 엄숙한 정경에도 감사하지 않을 것이므로 그곳에 앉을 자격이 없습니다. 스카버러나 해러게이트는 아름다움과 유행, 자애로움과 번영, 다이아몬드와 레이스로 뒤섞인 곳입니다.

하지만 해러게이트에서 그린 앞 페이지의 스케치는 우리를 둘러싼 매력이 얼마나 대단한지와는 상관없이 사람은 무엇인가를 먹어야 한다는 진리를 상기시킵니다.

해러게이트의 일요일에는 평일보다 더 일찍 저녁 식사가 시작되어, 9시 무렵에는 차를 마시고 케이크를 곁들여 먹는 것이 보통입니다. 어느 일요일 저녁, 우리—19명으로 이루어진 무리—는 건포도 든 티케이크 서너 개를 허겁지겁 먹어치웠고, 그 바람에 바닥이 약간 어질러졌으나 어쨌든 케이크를 더 줄 것을 요청했습니다. 너무 오래 기다리다 보니 시장기가 몰려왔고 짜증이 치밀어 모든 대화가 중단되었습니다. 노인들의 두 눈에는 눈물이 고였고, 젊은이들의 볼은 창백해졌습니다. 모든 이의 시선이 문에 고정되었다가(그때 저는 스케치를 하고 있었습니다), 건포도 티케이크를 든 웨이터가 나타나자 모든 눈이 번뜩였습니다. 버터를 바른 티케이크는 신선하고 따끈따끈했지요. 우리는 긴 식탁 위에 음식이 차려지는 광경을 애타게 지켜보았습니다.

위의 스케치는 대화가 무르익기 전, 그리고 음식이 나오기 전의 만찬 풍경을 담은 것입니다. 이 그림은 해러게이트에서 만날 수 있는 각양각색의 영국인 중 몇 명의 모습을 보여줍니다. 여러 온천이 각기 다른 장점으로 대단히 주목받을 뿐더러 호텔들도 훌륭해 영국 전역에서 사람들이 모여듭니다.

　　이렇게 형성된 사교 모임은 대체로 호감 가며 점잖습니다. 모임에 참석하게 되면 옆자리에 앉은 사람들과 대화를 시작하며 자신의 존재를 알립니다. 스파는 대화가 끝없이 이어지는 곳이며, 휴가를 시작하기에 알맞은 곳입니다. 처음에는 풍부한 온천수의 질과 농도, 효능이 논의되고, 그 다음에는 의학적 소견이 제시되며, 몇 가지 의견은 비판을 받기도 합니다.

　　어쨌거나 해러게이트는 운동과는 거리가 먼 곳입니다. 아래의 경마장 스케치는 어떻습니까? 해러게이트에서는 그 유명한 동커스터 경마장이 가까워 쉽게 가볼 수 있습니다. 통풍으로 고생하고 있지만 않다면, 세인트 레저 경마[5]가 열리는 날 타운 무어를 방문해 기분 좋은 변화를 만끽해보십시오. 분명 즐거움과 위안을 느낄 수 있는 하루가 될 것입니다. 스트레이[6]에서 즐기는 아침 승마, 관례가 된 테니스, 어슬렁어슬렁 거니는 오후의 산책, 느긋하게 즐기는 드라이브에서도 변화를 맛볼 수 있습니다. 세인트 레저 경마가 열리는 날에 모이는 사람들은 사무적이거나 엄숙합니다. 진지하게 경마를 즐기지요. 경마장을 우아하게 빛내주는 숙녀들은 결코 그 수가 많지 않고, 애스콧이나 굿우드 경마장에서 볼 수 있는 여인들보다 훨씬 점잖고 수수합니다. 여성보다는 남자들이 많은 편인데, 다들 복장이 화려합니다. 바로 이들이 무미건조한 사교계에 활기를 더합니다. "옷은 흔히 그 사람의 인품을 드러낸다"[7]고 하지요. 주홍색 조끼에 모자를 쓴

사람(그림에서 찾아보십시오), 밝은 청색 혹은 선명한 초록색의 매력적인 옷을 입은 사람들이 요란하게 내기를 겁니다. 일반 참가자 중에서는 밝은색 옷을 입은 사람들이 더 자신에 차 있습니다. 왜냐고요? 이런, 부인, 평소 경마장에 다니시지 않나 봅니다. 마권업자들은 자신이 돈을 걸지 않은 말이 결승선에 다가가는 것을 보자마자 빚쟁이나 다름없는 사람들이 몰려들 것을 겁내 그다지 많지도 않은 돈을 가지고 종적을 감추기 일쑤입니다. 그런 때 옷차림이 화려하면 도망치기 어렵지요. 마권업자가 인파 속으로 나비처럼 달아나면 무자비한 군중은 할퀴고 때리는 등 몹시 잔혹하게 다루다가 돈을 빼앗습니다. 이때의 마권업자는 살아 있는 나비와 비슷해 핀에 꿰여 곤충 수집가의 표본 상자 속 어딘가에 영원히 못 박히는 처지가 될 수도 있습니다. 세인트 레저 경마의 마지막 경주를 그린 이 그림에서는 경쾌하게 달려가 가뿐하게 승리를 거머쥐는 말을 볼 수 있는데, '실비오'라는 이름의 말입니다. 경마장에 오는 사람들이 대단히 선호하는 말이지요. 이 말의 주인은 결코 돈을 걸지 않습니다.

위의 그림에선 해러게이트의 어느 테이블에 사람들이 앉아 있습니다. 축제를 즐기거나 상쾌한 미국 음료수를 맛보는 것도 아닙니다. 술자리인 것은 확실하지만 그들의 눈에는 행복한 사교댄스에 대한 소망도 보이지 않고, 독한 술이 뺨을 데우며 물들이는 홍조도 없습니다. 이들은 유리 빨대로 철분이 든 물을 마시고 있을 따름입니다. 유황이 함유된 음료를 마시고 있는 일행을 그릴 수도 있었지만, 그들의 안색을 보고나서는 스케치와 술 모두 자제했습니다.

스파 가든에서의 산책은 다른 풍경보다 적절하고 아름다운 주제이지만 까다로운 작업이기도 합니다. 오른쪽 페이지의 두 초상화를 보십시오. 옷차림을 보면, 한 사람은 왕당파이고 다른 사람은 청교도입니다. 하지만 이들이 쓰고 있는 챙 없는 단정한 모자에는 어떤 정치적 의도도 숨어 있
지 않고, 물결 모양의 모자와 전체를 뒤
덮은 깃털이 너무 많다는 것 이상의 어
떤 취향도 드러나지 않습니다. 이들의
섬세한 이목구비와 고상한 아름다움을
걸어가면서 종이 위에 똑같이 베끼기란
쉽지 않은 일입니다. 그러나 저는 이들
을 쉽게 그릴 수 있길 바랍니다. 왜냐하
면 이들을 기억하는 일은 이번 휴가 동
안 즐겼던 산책 중 가장 즐거웠던 추억
이기 때문입니다. 물론 이는 추상적인
아름다움을 사랑하는 사람으로서 하는 말입니다. 게다가 사색에 잠긴 그들의 두 눈은
저에게 많은 위안이 되었습니다. 이들의 모습은 유황이 함유된 음료를 마시거나 키싱
엔이라 불리는 증류주를 마시는 사람들, 철분이 함유된 독한 술을 즐기는 사람들이 앉
아 있는 곳에서 발견했는데, 그 자리에 있던 모든 이들이 두 여인 모두 매우 가치 있는
인물이라는 사실에 동감하고 있었습니다. 저 또한 그중 한 명이었기 때문입니다.

　　아마도 손가락에 생긴 통풍결석 때문에 이마에 주름이 잡힌 근엄한 사람, 태
어날 때부터 크고 허약한 발을 지닌 사람도 보였습니다. 직업으로 분류해 보면 은행가
들, 포트와인의 등급을 매기는 심사위원, 지방 변호사, 또는 기꺼이 고향을 떠나온 숙녀
들이겠지요. 사실 해러게이트를 방문한 여러 지방의 사람들과 그들의 생활 방식은 차
분하고 건전한 공기에 스며들어 스카버러의 요란한 소음을 가라앉힙니다. 이들은 주로
생활 습관이 굳어진, 어느 정도 나이가 들고 경험도 많은 사람들입니다. 다른 이들(바닷
가에 사는 사람들)은 대부분 들뜬 젊은이들과 아직도 경솔한 중년입니다. 빠르게 도는
삶의 바퀴 속에서 벗어난 사람들이지요. 하지만 신중하지 못한 노총각이나 의도하지
않게 노처녀가 된 사람들에게는 이곳에서 휴식을 취하며 겪는 성숙한 사람들의 믿음직
한 불장난보다는 이런 사람들이 덜 위험합니다.

　　궂은 날씨가 스트레이에 몰려올 때에는 현관문 주위를 애처로이 배회하거나
익숙하지 않은 행동을 하기보다는 넓은 응접실의 아늑하고 조용한 구석에서 쉬는 편이
낫습니다. 즉결 재판소의 실세, 끔찍한 빈민 구제 위원일지도 모르는 다정한 시골 신사

가 즐거운 오후 시간을 보내는 광경을 보십시오. 통풍 걸린 그의 손가락에는 털실 타래가 감겨 있습니다. 아주 흔한 장면이지요. 그의 불행이 축복으로 바뀔 수 있기를.

아는 사람의 작은 역사 혹은 로맨스가 대부분 바닷가나 산속 호수, 약수터에서 우연히 시작되었다는 이야기를 듣는다면 얼마나 흥미롭겠습니까? 그중 상당수는 저녁 식탁이나 마차에서의 우연한 좌석 배치에 의해 이루어진 것일지도 모릅니다. 일생 동안 계속될 행복한 결혼 생활이란 그런 우연의 결과입니다. 그러나 다른 한쪽에는 아직 오지 않았지만, 그래도 언젠가는 가까이 다가올 운 좋은 만남을 기대하며 세상을 떠돌아다니는 남자와 여자 들이 있습니다. 평생의 동반자 관계를 유지하는 데 필요한 호의를 서로에게서 찾으려 노력하는 두 간절한 영혼을 육체적으로 갈라놓는, 건장하고 혈색 좋은 노신사나 밝고 친절한 부인을 죽 늘어선 사람들 중에서 골라낼 수만 있다면 얼마나 좋을까 몇 번이나 떠올렸는지 모릅니다! 이 영혼들은 가까이 있으면서도 만나지 못하고, 점점 멀어져 오랜 시간 끊임없이 탐색하며 헤매입니다. 겨우 한 사람—외투, 조끼, 은행 중역의 구레나룻을 가진—이 영원한 행복과 우리 사이를 방해해왔음을 너무 늦게 알아챘다고 상상해보십시오! 노신사나 부인들에게 양심이 있다면 젊은이들을 방해하지 말아야 합니다.

저는 신 나는 일들을 기대하며 휴가를 시작했고, 군중 사이에서 여러 날을 보내며 기쁨을 누렸습니다. 마지막 스케치를 감상하며 파운틴스 수도원Fountains Abbey의 회랑 안뜰에서 휴가를 어떻게 마무리했는지 살펴주십시오. "모든 감정은 변합니다." 저의 감정 또한 그러하여 이 고요한 폐허와 그 안에 외로이 서 있는 구슬픈 삼나무의 그늘을 찾도록 만들었습니다. 그러나 그곳을 찾은 것은 저뿐만이 아니었습니다. 식당이 있던 자리에는 이미 어떤 부부가 와 있었고, 회의장에도 다른 두 사람이 있었지요.

이것이 이 스케치북의 마지막 장입니다. 여러분께서 즐거우셨기를 바랍니다. 부디 안녕히 계십시오!

A Hunting Family

1878년 12월 크리스마스 특집

사냥하는 가족

ARRIVAL OF THE HUNTBATCHES AT THE COVER-SIDE & ANXIETY OF THE MASTER OF THE HOUNDS

사냥터에 도착한 헌트배치 가족과 사냥 지휘자의 근심

애마 체스넛을 탄 미스 H. 달링, 애마 헌터를 탄 대지주 헌트배치,
콥을 탄 법률가 재스 H., 올드 메어를 탄 데이비드 H., 마차 말을 탄 해군 F. H.와
상인 G. H., 나귀를 탄 조니, 조랑말을 탄 학생 봅 H.

강렬한 여우 냄새를 쫓으며 시작된 여우 사냥과 열렬히 함성을 지르는 헌트배치 일가

RETURN OF THE HUNTBATCHES TO OAK HALL

오크 홀로 돌아가는 헌트배치 일가

Flirtation In France

At Observed by Mr. Richard Chumley

1879년 6월 여름 특집

프랑스에서 벌어진 연애 소동

리처드 첨리 씨가 목격한 것들

지난 4월의 어느 오후, 저는 프랑스 칸에 위치한 어느 호텔의 입구에서 졸고 있었습니다. 맞은편에는 남자 셋이 점심 식사 뒤의 식곤증으로 쉬고 있었는데—위는 그 모습을 담은 스케치입니다—마침 역을 출발한 호텔 전용 합승마차가 도착할 무렵이었습니다. 마차에 흥미로운 인물이 한 명도 타고 있지 않은 광경을 자주 본 터라 몇 안 되는 새로 온 사람들을 살피러 다들 한쪽 눈만 겨우 떴습니다(지켜보는 눈은 저를 포함해 모두 넷입니다). 잠시 후 로프트하우스 씨(통통한 사람)가 나머지 눈을 마저 뜨고

는, 호텔 지배인과. 비서가 허리를 굽혀 인사하는 사이로 난 계단을 올라오는 일행을 양쪽 눈으로 열심히 바라보았습니다. 슈발리에 씨(가운데 사람)도 다 피운 담뱃불을 끄고, 마찬가지로 응시했습니다. 앉은 자리에서 문 쪽을 살펴볼 수 없는 클리버 대령은 자기 시선이 미치는 곳으로 사람들이 올 때까지 느긋하게 기다렸습니다. 몇 명이 지나가는 동안 대령은 꼼짝하지 않았습니다. 그러나 행렬의 꼬리가 보이기 시작하자 그는 급히 나머지 눈을 뜨고 무리를 잘 살피려 애쓰던 우리와 합류했습니다. 키가 작은 노신사, 키가 크고 성숙한 숙녀, 호리호리하고 어딘가 지나치게 꾸민 듯한 노처녀, 그리고 중년 남자를 살피는 데에는 한쪽 눈만으로도 충분했으나, 이들 뒤를 따라 들어오는 사랑스러운 세 아가씨의 우아한 자태를 눈여겨보는 데에는 온 시력을 다해야 했습니다. 휴가철 막바지에 이른 탓에 이곳을 찾은 손님 대다수가 떠난 상태였습니다. 우리와 함께했던 아름다움과 우아함도 사라졌습니다. 독일인 백작 부인도 더 이상 보이지 않았습니다. 크루아제트 대로[1]에도 뒤따라 걷고 싶은 인물들이 없었습니다. 때문에 우리는 새로운 방문객들에게—특히 더 젊은 쪽에—흥미를 갖고 호기심 가득한 눈으로 지켜보았습니다. 저는 처음에 이 세 남성에게서 어떤 재밋거리를 얻을 수 있을지 몰랐고, 그저 사색과 스케치를 위한 참신한 소재를 발견했다고만 여겼을 따름입니다.

일행은 우리를 지나쳐 갔고 저녁 만찬에 합석할 때까지는 보이지 않았습니다. 우리는 그들을 꼼꼼히 살폈습니다. 세 아가씨는 자매 같았습니다. 모두 금발이었으나 색은 각기 미묘하게 달랐지요. 그들의 눈동자는 모두 비슷한 회색이었지만 이목구비는 달랐습니다. 세 사람의 코는 모두 위쪽으로 부드러운 곡선을 이루고 있었습니다. 하지만 한 사람은 코끝만, 다른 아가씨는 콧날부터, 세 번째 아가씨는 이마부터 코끝까지 단호하고 도발적인 곡선을 그리고 있습니다(클리버 씨는 "그러나 참 아름답군요"라고 속삭였습니다). 장밋빛 입술은 아무것도 하지 않을 때에는 다정하게 유혹했으며, 음식을 씹는 동안에는 유별나게 에둘러 움직였습니다. 각자의 얼굴에는 평소보다 좀 더 그을린 은은한 상아빛이 편안하고 자연스럽게 번져 있었습니다. 더 상세한 특징은 왼쪽에 있는 스케치를 보십시오. 어머니로 보이는 여성은 몸집이 크고 표정은 짐짓 위엄을 가장하고 있었습니다. 그녀는 옆에 앉은 작은 노신사를 보호와 관심 가득한 눈길로 바라보았습니다. 바로 그녀의 남편이었습니다. 노신사의 침울한 안색은 새하얀 구레나룻과는 대조적으로 짙었지만, 현명하게도 매우 진한 갈색 가발을 쓴 덕에 균형을 되찾았습니다. 곱슬머리를 애매하게 말아 올린 마른 숙녀는 어머니 쪽의 여동생 같았습니다. 한편 우리는 그 자리에 함께한 중년의 신사가 얼마 안 되는 머리카락을 조심스럽게 관리해, 벗겨진 부분을 덮어 감추었다는 설명을 듣고 어리둥절해졌습니다(얼마 뒤 저는 칸의 산책로나 광장 일부를 봉쇄하고 4분의 3쯤 짓다 공사를 중단한 극장 안에 시민 대부분을 몰아넣은 상황에 비견할 수 있을 정도로 파리들이 자기네 운동장이 축소된 상황에 짜증 낸다는 사실을 알아차렸습니다). 이 신사는 나머지 일행이 앉은 식탁 맞은편에, 셋 중 가장 나이 들어 보이는 아가씨의 곁에 앉아 있었습니다. 아가씨들의 어머니는 자신의 소유물을 바라보는 듯한 태도로 그를 응시하고 있었으며, 세 딸 가운데 제일 키가 크고 가장 어려 보이는 아가씨는 싫은 기색이 역력한 태도로 그를 쳐다보고 있었습니다.

저녁 식사 후 관례처럼 정원에서 담배를 피우며 나누는 대화에서 상냥하고 매력적인 낯선 이들이 중심 화제가 되었으며, 이 주제는 흡연 파티가 일찍 해산될 때까지 계속되었습니다. 앞서 언급한 세 신사는 이제 좀처럼 살롱에 나타나지 않았는데, 바로 오늘 같은 날 담배 피우는 시간을 줄이고 각자의 방으로 어슬렁어슬렁 돌아간 것은 이상한 일이었습니다. 사실 그들의 목적이 신문을 보는 것이었음은 거의 분명합니다. 당시 그들은 모든 신문이 이미 먼저 와 있던 이들의 손에 들려 있고 자신들이 전혀 관심을 끌지 못한다는 것을 알아차리고 상당히 실망했음에 틀림없습니다. 신문을 든 노신사들

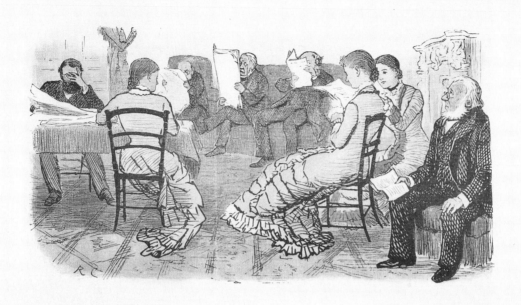

이 살롱에 앉아 있는 젊은 숙녀들을 가장 잘 볼 수 있는 자리를 차지해, 신문을 얼굴에 바짝 대고 경탄과 물기 어린 눈을 감추고 있었기 때문입니다.

　며칠 뒤, 가로수길의 장점을 안내해줄 기회를 일찍 잡은 클리버, 로프트하우스, 슈발리에 씨는(아래 스케치를 보십시오) 새로 온 가족들과 친목을 다지고 있었습니다. 위그모어 씨(그 댁 아버지를 이렇게 부르려는데, 이름을 정확히 밝히지 않는 편이 좋을 듯합니다), 아무튼 위그모어 씨는 담배를 피우며 수다를 늘어놓았으며, 그의 이야기는 특히 클리버 씨의 관심을 끄는 듯했습니다. 최소한 싫증은 조금도 내지 않는 것 같았습니다. 나머지 두 사람은 노신사의 개인적 경험담에 클리버 씨만큼 관심을 보이지는 않았지만 상당히 즐거워했습니다. 이는 위그모어 씨가 좋아하는 주제에 가까워지자 두 사람이 보인 몇 차례의 노골적인 웃음과 왼쪽 눈꺼풀이 파르르 떨리는 모습으로 충

분히 알아차릴 수 있었습니다. 이 세 친구의 수님없는 행농은 노신사의 호감을 샀으며, 마치 예배에 참석한 듯한 공손한 마음과 존중 어린 태도는 비록 생색내기에 가까웠지만 어머니 쪽의 상냥함 또한 얻어냈습니다. 이제 더 이상 이곳은 따분한 장소가 아니게 되었습니다. 아침에는 젊은 숙녀들과 테니스를 치는 모습이 눈에 띌 때도 있었고, 오후에는 가장자리에 장미를 심은 정원을 산책하는 데에도 익숙해졌습니다. 세 신사는 그늘진 곳에서 햇볕을 피하는 가족들(제 눈에는 젊은 숙녀들을 더 좋아하는 듯 보였습니다)을 발견할 것이라는 희망으로 흥거워했습니다.

어느 날 저는 위의 스케치처럼 슈발리에 씨와 클리버 씨가 종려나무 그늘에서 두 아가씨와 담소를 나누는 도중 이들을 감독해야 할 위그모어 씨가 벤치에서 졸고 있는 광경을 스케치할 기회를 포착했습니다.

가장 어리면서 키는 제일 큰 딸의 이름은 클러리사였는데, 벨기에 신사인 슈발리에 씨의 마음을 훔쳤습니다. 키가 가장 작은 딸의 이름은 캐럴라인으로 클리버 씨가 그녀를 연모하고 있었습니다. 로프트하우스 씨와 가장 나이 많은 샬럿은 어디에 있었을까요? 찾아보니 로프트하우스 씨는 오렌지 나무에 기대 선 채 샬럿을 애타게 바라보고 있었습니다. 샬럿은 테이블에서 옆에 앉았던 신사와 어머니 사이에 끼어 앉아 있

었습니다(위 그림을 보십시오). 그녀는 행복해 보이지 않았으며, 두 사람, 특히 그 신사에게 눈길조차 주지 않았습니다. 눈부시게 아름다운 오후의 햇살을 받아 뾰족한 봉우리들이 부드럽고 신비롭게 변한 에스테렐 산을 바라보는 샬럿의 두 눈에는 꿈꾸는 듯한 표정이 어려 있었습니다. 저는 세 사람을 스케치한 뒤 약간 떨어진 곳에 로프트하우스 씨를 점잖게 그려 넣었습니다. 샬럿의 옆자리에 앉은 윌리엄스라는 이름의 신사는 세 남자들이 처한 행복한 상황에서 유일한 골칫거리였습니다. 그는 분명 샬럿의 흰손—상아색이 감도는—을 잡고 싶어 하는 구혼자였으며, 가식적인 태도를 보아 하니 딸보다 어머니 쪽의 호감을 얻었을 것이 분명했습니다. 클러리사는 이후 이 모든 사실을 슈발리에 씨에게 시인했습니다. 게다가 윌리엄스 씨가 상당한 부자라는 것도 밝혔습니다. 이러한 사실을 알아낸 뒤이므로 여러분은 아마 로프트하우스 씨가 푹 빠져 애타게 그리워하는 샬럿과 대화를 충분히 나누지 못했다는 소리에도 놀라지 않을 것입니다. 로프트하우스 씨는 저에게 이렇게 말했습니다. "그따위로 넥타이를 매는 남자에게 이 같은 여인이 팔려간다니!" 로프트하우스 씨는 옷차림에 있어 매우 까다로운 사람이었습니다. 그는 윌리엄스 씨의 검은 넥타이가 항상 위쪽에 있고, 특히 뒤쪽의 옷깃을 더 많이 드러낸다는 점을 지적했습니다. 필자는 그와 같은 점이 보다 섬세한 감정 중 일부가 결핍되어 있음을 증명한다는 데 동의했습니다. "게다가 그 양반은 양쪽에 고무천을 댄 부츠를 신는다고요." 저는 다정하게, 동조하는 투로 대답했습니다. "나도 봤습니다. 빌어먹을 자식 같으니!" 그도 제 대답을 힘차게 되풀이했습니다(다만 '빌어먹을' 대신

다른 단어를 사용했지요). "머지않아 샬럿 양이 세일러 노트Sailor Knot로 맨 넥타이에 스카프 핀을 끼워주겠지요!"

이런 식으로 하루하루를 보내던 어느 날 갑자기 위그모어 부인이 동부로 떠날 채비를 하라는 지시를 내렸습니다. 그들이 일정을 앞당겨 칸을 떠나게 된 까닭은 '이상한 청년들', 그것도 아마 '모험가들'일 사람들이 딸들에게 지나친 관심을 보여 깜짝 놀란 어머니 또는 위그모어 씨에게 호텔에서 더 머물지 못할 정도로 짜증을 불러일으켰기 때문이었습니다. 어느 날 저녁 나이 지긋한 아일랜드 신사가 살롱에서 최근의 세태에 관해 자신의 의견을 피력하고 있었습니다. 그의 이야기는 '주임 사제' 스위프트[2]에서 시작해, 미스 에지워스[3]와 웰링턴 공작[4]으로 이어진 뒤, 소에 관한 몇몇 의견을 제시하고, 14대 H 백작에 대한 이야기까지 흘러갔습니다.

이 작위가 화제가 되자 멀리 떨어져 앉아 있던 위그모어 씨가 일어서서는 한마디 했습니다.

"H 일가는 영지를 몰수당하지도 않았으면서 더 높은 지위에 오르지도 않고 14대에 이르렀으니, 매우 어리석은 가문임에 틀림없습니다."

위그모어 씨의 이 짧은 연설 직후에 무슨 일이 일어났는지는 설명하지 않겠습니다. 단지 이 신사가 머리에 쓴 것의 정체에 아직도 의혹의 눈길을 거두지 않았다면 이 발언 덕에 가발이었음이 명백히 입증되었고, 뿐만 아니라 돌돌 말려 있던 신문이 충분히 곤봉 같은 무기가 될 수 있다는 사실이 밝혀졌다는 것만 알려드리겠습니다.

그렇게 위그모어 일가는 칸을 떠났습니다. 클리버 씨와 나머지 사람들도 계속 머물러야 할 이유를 검토해보았지만 아무것도 발견하지 못했지요. 그래서 우리는 숙소를 망통으로 옮겼습니다. 그런데 대단한 우연인지 위그모어 일가가 같은 호텔에 묵고 있다는 것을 알게 되었습니다. 젊은 숙녀들에 대한 관심도 되살아났습니다. 윌리엄스 씨의 존재 때문에 자신의 매력을 선보일 시간이 거의 없었던 로프트하우스 씨는 이제 위그모어 부인에게 상당한 정성을 기울였습니다. 밤나무 계곡 위, 올리브 나무들을 지나 언덕 마을인 카스텔라Castellar와 생트 아녜스St. Agnes에 이르기까지의 짧은 여정에서 그는 당당한 몸집을 아무 불평 없이 나르는 부인의 당나귀 옆에서 걸었습니다. 그는 자기가 아는 이들의 이야기를 풀어놓으며 무료함을 달랬습니다. 상류층에 대한 이야기는 부인이 대단한 흥미를 보이는 주제였기 때문입니다.

그는 가끔 샬럿에게 사모의 마음이 가득한 눈길을 보내기도 했습니다. 그의 눈

이 그녀의 밝은 두
눈과 잠시 마주칠
때면 그의 걸음걸
이는 즉시 경쾌해졌고, 살집
이 제법 있음에도 돌투성이 길을 아주
잘 걸어갔습니다.

　　　결국 저는 세 숙녀의 이모 쪽에 관심을 집중
할 수밖에 없었습니다. 그러다 그녀의 기분을 너무 맞춰
주고 말았지요. 이모 쪽은 수다스러운 성격이어서 아양
과 애교를 시원스럽게 쏟아부으며 저를 기쁘게 했고, 결과
적으로는 저의 마음을 사로잡았습니다. 그래서 길에서 몇
걸음 벗어나 그녀에게 줄 진홍색과 푸른색 아네모네를 꺾는
것이 매우 즐거워졌습니다.

　　　행복한 나날 가운데 어느 날 저녁, 담배를 피우는 동
안 마침내 몬테카를로의 도박장까지 화제가 옮겨갔습니다. 질
좋은 시가를 피우던 윌리엄스 씨도 카지노에서 벌어진 위업들에 대해 열심히 귀를 기
울였습니다. 이 위업들은 윌리엄스 씨의 열정에 비례해 더욱 경이로워져만 갔습니다.
이 신사의 관심은 불타올랐고, 결국에는 로프트하우스 씨와 저는 다음 날 윌리엄스 씨
와 함께 몬테카를로에 가기로 약속하는 지경에 이르렀습니다. 우리는 아침 무렵 기차
를 타고 떠났습니다. 슬렁슬렁 거닐며 이리저리 돌아다녔고, 경관에 감탄했습니다. 모
든 장관이 한낮의 빛에 밝게 빛나고 있었습니다. 우리는 햇볕을 피해 카지노로 향했습
니다. 그리고 도박하는 사람들을 구경했습니다. 로프트하우스 씨는 자리를 잡고 실패
하지 않을 거라 확신한 전략을 시도했습니다. 그러나 곧 주머니를 털리고 말았지요. 그
러자 저에게 냉철하게 점심 식사를 제안했습니다. 우리는 윌리엄스 씨가 니스에서 온
화장이 짙은 숙녀와 영국인 사이에 앉아 있는 것을 발견했습니다. 그는 약간의 돈을 딴
상황에 만족하고 있었기 때문에, 로프트하우스 씨와 저는 식사를 하러 호텔 드 파리로
자리를 옮겼습니다. 식사 후에는 독서실에서 쉬었습니다. 한 푼도 없었던 로프트하우
스 씨는 스포츠 신문「르 스포르 Le Sport」를 손에 든 채 졸았습니다. 저는 점심 식사 전에
손톱으로 흠집을 낸 카드를 살펴보았습니다. 이 전략은 전혀 완벽하지 않았습니다. 로

프트하우스 씨가 크게 코를 골고 나서 깨어날 때까지 평화로운 오후가 지나갔습니다. 그동안 윌리엄스 씨는 어디에 있었을까요?

　　무어인의 방으로 들어가 때맞춰 테이블에 앉았을 때, 윌리엄스 씨가 백발 노부인 너머로 손을 내밀어 로비에서 양산과 모자를 맡기고 받은 둥근 입장권을 26(나중에 알게 된 사실이었지만, 얼마 전 생일이 지난 샬럿의 나이와 같은 숫자였습니다)에 올려놓는 것을 보았습니다. 참가자 대부분이 웃었습니다. 딜러 두 명―그러니까 종업원―은 즉시 갈퀴로 표를 톡톡 치며 얼른 치우라고 요구했습니다. 윌리엄스 씨는 크기와 두께가 정확히 똑같은 5프랑으로 입장권을 교체했으며, 결국 돈을 잃었습니다. 똑같은 숫자에 몇 번 더 걸었지만 역시 잃고 말았지요. 그런데 그 숫자가 걸리기만 기다리며 돈을 35번이나 더 거는 것 아니겠습니까! 윌리엄스 씨는 이내 불안한 표정이 되었습니다. "판돈을 거시지요, 선생님." 그는 망설이다 5프랑짜리를 하나 더 꺼내 같은 숫자에 걸고는 불안을 감추려 몸을 돌렸습니다. 딱한 양반 같으니! 그의 연봉은 5천 파운드를 약간 넘는 정도인데, 잠깐 지켜보는 동안에만 4, 50프랑을 잃었습니다. 볼이 빙글빙글 돌아가기 시작했습니다. "이제 돈을 거실 수 없습니다! Rein ne ca plus!" 달가닥거리며 돌던 볼이 '쉼터'[5]로 들어갔습니다. "26! 검정, 짝수, 뒤쪽 숫자! Vingt-six! Noir, pair, et passe!"

　　한편 로프트하우스 씨, 윌리엄스 씨와 필자가 망통을 떠난 직후, 위그모어 부인은 윌리엄스 씨가 어디에 갔는지 대령에게 캐물었지요. 클리버 씨는 매우 슬픈 표정

으로 윌리엄스 씨가 몬테카를로로 갔다고 고백했습니다. 그러자 모두 모나코에 가자는 계획이 세워졌습니다. 위그모어 부인도 따라나서기로 했습니다. 마차 두 대가 움직였습니다. 위그모어, 클리버, 슈발리에 씨가 탄 마차가 여인들이 탄 마차를 에스코트했습니다. 이들 일행은 모나코로 들어와 카지노에서 내렸습니다. 계단을 오르던 위그모어 부인의 눈에 마침 소중한 친구인 레이디Lady[6] 베이스워터가 들어왔습니다. 두 사람이 인사를 나누는 동안 안내인이 현관문을 열었고, 둘은 아래와 같은 장면을 깜짝 놀란 눈으로 쳐다보았습니다.

머리카락이 포마드의 영향력에서 벗어나 사방으로 솟아오른 윌리엄스 씨는 명령을 받은 두 하인에게 항의하며 문 쪽으로 강제로 끌려가고 있었으며, 위엄 있는 책임자―권위 있는 조끼를 입은 사람―가 그 광경을 주의 깊게 지켜보고 있었습니다. 그는 가련한 윌리엄스 씨를 밖으로 내보내라고 손짓했으며, 씩씩거리며 서 있는 윌리엄스 씨에게 모자와 초록색 안감을 댄 흰색 우산을 가져다주었습니다. 위그모어 부인이 받은 충격은 엄청났으나 불운과 당혹스러움에 어쩔 줄 모르던 윌리엄스 씨가 일행에 끼려는 듯 다가오자 곧장 정신을 차렸습니다. 지켜보던 레이디 베이스워터가 로프트하우스 씨에게 지금의 사태가 무엇을 뜻하는지 묻는 장면을 목격했기 때문입니다. 위그

모어 부인이 보기에 레이디 베이스워터와 로프트하우스 씨는 서로 아는 사이인 듯했습니다. 위그모어 부인에게는 이 여인의 호감을 얻는 것이 살아가는 목적 중 하나였습니다. 부인은 모나코 외국인 서클의 해로운 남자와 관련되었다는 사실이 자신에게 도움이 되지 않을 것임을 즉시 알아차렸습니다. 그래서 그녀는 날개를 펴고 자신의 병아리들을 모아 카지노로 끌고 들어갔습니다. 조용한 곳으로 피신함으로써 일행은 이제 방종한 윌리엄스 씨의 일장연설에서 안전해졌습니다. 그제야 우리는 룰렛 테이블에서 몇 걸음 떨어진 곳에 서서 긴장을 감추고 있던 윌리엄스 씨가 '26번'을 부르는 소리를 듣고서 딴 돈 175프랑을 받기 위해 환희하며 앞으로 나갔던 광경에 대해 설명했습니다.

윌리엄스 씨는 출납원이 뭔가 밀어내놓는 것을 보고, 몸을 앞으로 숙여 그것을 잽싸게 움켜쥐었습니다. 아아, 슬프게도 그 돈은 그의 것이 아니었습니다! 윌리엄스 씨가 이번에도 5프랑 대신 입장권을 올려놓자 몹시 언짢아진 딜러는 그가 돌아섰을 때 그 표를 쓸어버렸고, 다른 참가자가 그 숫자에 5프랑을 걸었던 것입니다. 따라서 판돈 175프랑의 주인은 다른 사람이었습니다. 그 주인공은 카드에 표시만 해놓고 게임에는 거의 참여하지 않은 채 구경만 하던 가련한 미망인이었습니다. 그녀는 좋아하는 숫자들에 투자할 적절한 순간을 끈기 있게 기다렸으며, 26은 그중 하나—공동묘지에 묻힌 남편의 묘비 번호—였습니다. 그런데 그때 그녀는 자기 돈을 어느 외국인이 움켜잡는 것을 목격했습니다! 큰 소동이 벌어졌지요. 점잖은 품행을 갖춰야 하는 이곳에서 수치스러운 소란은 허용될 수 없습니다. 곧바로 고위직 임원이 호출되었습니다. 그는 기존 질서의 가치가 위험해지자 감정이 상했고 격노했습니다. 현장에서 그가 확인한 바, 돈을 따서 흥겨워하거나 혹은 혼자 힘으로 살아가려 애쓰는(어느 쪽이든 상관없습니다만) 외로운 과부의 몫을 빼앗는 행동을 하고도 꼿꼿이 서 있는 이 남자를 용서하기에 상황은 너무도 심각했습니다. 게다가 과부의 귀여운 아이가 로비에서 여러 시간 동안 어머니의 양산을 든 채, 카지노 안을 마치 자기 집처럼 들여다보고 있는 것이 목격되었습니다. 격려해야 마땅한 광경이었습니다. 책임자는 윌리엄스 씨가 단골 고객이 아니라는 보고를 받았고, 빙 둘러선 눈치 빠른 감독관들은 윌리엄스 씨가 이 상황에 승복하지 않는다고 여겼습니다. 윌리엄스 씨는 쫓겨나야 했고, 결국 그렇게 되었습니다.

일행은 망통으로 돌아갔습니다. 다음 날 아침, 산책로에서 윌리엄스 씨는 위그모어 부인에게 사과하려 했습니다. 아아! 그는 재수 없게도 입장권으로 인한 의도하지 않은 결과가 아무도 예상하지 못했던 대단히 심각한 사태를 초래했다는 사실을 알아

차린 것입니다. 위그모어 부인은 스스로 '자존심'이라고 부르는 부분이 대단히 셌습니다. 그리고 부모의 기대를 받는 딸 샬럿에게 손을 내민 구혼자로서 호감을 느꼈던 남성이 유행의 첨단을 걸을 뿐 아니라 관찰력이 예리한 레이디 베이스워터의 눈앞에서 모나코 외국인 서클, 즉 카지노에서 그토록 불명예스럽게 쫓겨났던 장면을 떠올리자 노여움이 끓어올랐습니다. 어찌 그런 모욕을 당한 사람의 장모가 될 수 있겠습니까? 그럴 수는 없습니다. 그래서 그녀는 힘이 넘치면서도 위엄을 갖추어 윌리엄스 씨를 거절했습니다. 면담은 이른 시간에 이루어졌습니다. 필자는 비바람 대피소에서 그 모습을 지켜보았습니다. 영국인의 국민성이 침착하다고 알려져 있지만, 팬터마임에 등장하는 것 같은 부인의 몸짓은 몹시도 풍부했습니다. 가련한 윌리엄스 씨는 불안에 휩싸였는지 우산을 접었다 펴기를 반복했고, 그동안 그의 빈약한 머리털은 유령이라도 본 것처럼 쭈뼛 곤두서 있었습니다. 위그모어 부인으로 말하자면 무대에 선 배우처럼 오동통한 팔을 연신 흔들어댔습니다. 위그모어 씨는 언제나처럼 소극적인 태도로 자신보다 튼튼한 아내의 견해에 조심스레 동조했습니다. 마지막은 보는 사람을 불쾌하게 만드는 방식으로 넥타이를 맨 주인공이 완전히 허탈한 상태로 산책로에 우두커니 서 있는 장면으로 마무리되었습니다.

화해는 불가능한 듯했습니다. 불운한 윌리엄스 씨는 사라졌습니다. 그의 모습은 망통에서 더 이상 보이지 않았지요. 로프트하우스 씨의 기분은 눈에 띄게 들떴습니다. 사랑스러운 샬럿의 기분도 고조되었습니다. 샬럿은 이제 윌리엄스 씨가 옆에 앉아 있었던 때처럼 꿈꾸듯 먼 수평선만 멍하니 응시하지 않았습니다. 제가 끝머리에 그린 스케치를 봐주십시오. 위그모어 일가와 그들이 새로 사귄 사람들을 마지막으로 본 장면입니다. 그들은 카프 마르탱으로 오후 산책을 가고 있었습니다. '미스 워킹턴의 젊은 숙녀를 위한 아카데미'의 주관으로 두 명씩 짝지어 클래펌 커먼으로 산책을 가는 풍경과 비슷했습니다. 다만 이번 위그모어 일가의 경우에는 남녀를 적절히 뒤섞은 것만이 달랐습니다. 어머니와 체구 작은 배우자가 앞장섰으며, 세 쌍의 젊은이들이 그 뒤를 따라갑니다. 그들 모두, 특히 로프트하우스 씨와 샬럿이 행복해 보였습니다. 저로 말하자면 줄곧 대단히 부러워하며 스케치북을 들고 뒤쪽에 머물렀습니다. 저의 모습을 그림에서 찾을 수 없는 것은 이 때문입니다. 여러분은 세 커플 중 첫 번째와 세 번째 커플이(그들을 그렇게 부르도록 허용된다면) 중세에 유행했던 매력적인 방식으로 손을 잡고 걸어가고 있음을 알아차렸을 것입니다. 이쪽이 현대식으로 팔짱을 끼고 걸어가는 것보다 훨씬 목가적이고 우아해 보이므로—특히 구경꾼들의 눈에는—연인들에게 권장하는 바입니다. 사랑에 빠진 청년에게 이런 태도는, 설령 그가 둘 중 허약한 쪽에 속하는 경우라도 크게 피곤해지지 않도록 도움이 될 것입니다. 이 행복한 세 커플은 크리스마스 전에 결혼한다고 합니다.

가련한 윌리엄스 씨! 저는 그가 꽤나 상심했을 것이라 생각합니다. 그러나 윌리엄스 씨가 세 숙녀의 이모와 함께 지내며 위로받고 있을 것이라는 제 추측에는 적절한 근거가 있습니다. 그리고 그의 불운에 관한 이 이야기가 모나코를 방문하는 사람들에게 좋은 영향을 미칠 것이라고 확신합니다.

• 리처드 첨리

Sketches At Trouville

1879년 10월

트루빌 해변 스케치

1879년 9월에 그린 것들

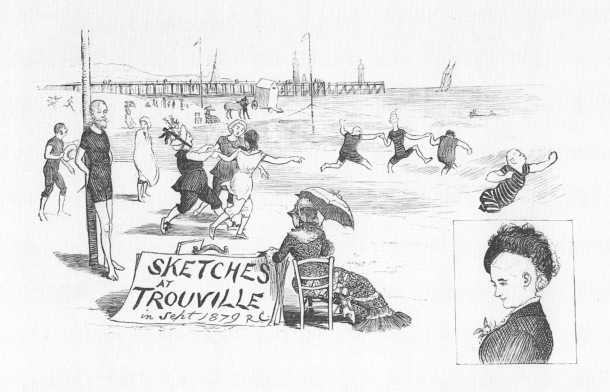

트루빌의 활기찬 모습을 담은 위의 스케치에서 확인할 수 있듯이, 영국의 해변보다는 프랑스 해변의 휴양지가 더욱 다채롭다는 사실을 익히 알고 계실 것입니다. 예를 들어 위의 그림에 묘사된 것—우아하지는 않지만 속 편한 신사 셋이 손을 잡고 거품 이는 파도 속으로 뛰어드는 모습—처럼 영국의 지방세 납세자들이 바다에서 즐거운 시간을 보내는 광경을 본 적이 있습니까? 한 영국인이 호들갑 떨지 않고 조용히 파도를 향해 걸어갑니다.

·트루빌의 바다 · 경고

  그런데 113쪽 그림에서 오른편을 보십시오. 한 프랑스인이 다른 사람들에게 강한 인상을 남길 목적으로 거드름을 피우며 파도를 공격합니다. 그 남자는 해수욕 가운을 입은 몸을 과장되게 휘두르고 있었습니다. 그는 옷에 드리워진 주름의 우아함으로 해수욕하는 사람들과 담소와 명상을 위해 해변을 자주 찾는 많은 이들 중 일부에게라도 주목받아야 한다는 사실을 너무나 잘 알고 있기 때문입니다.

  활력 넘치는 일행과 함께 서둘러 바다로 향하는 살찐 여인의 유쾌한 모습도 보십시오. 트루빌에서는 영국 해변에서 결코 볼 수 없는 이런 풍경을 만날 수 있습니다. 또한 이곳에는 놀라운 외양과 복장을 한 사람이 많습니다. 그들 가운데 일부를 여러 장의 스케치로 소개합니다.

  왼쪽 그림처럼 밧줄의 서쪽에서는 해수욕이 허용되지 않습니다. 동쪽 바다는 장난치며 첨벙거리고, 빙빙 도는 요정들과 네레이스Nereids[1]의 성지입니다. 그동안 신사들은 감탄하며 바라볼 뿐인데, 개중 용감한 사람들은 가끔 파도가 잔잔할 때면 즐거운 놀이를 거들거나 가장 먼 경고판 말뚝까지 헤엄치는 모험을 도와주려 경계선 가까이 다가가기도 합니다. 아침나절 중 가장 재미있는 시간입니다.

· 무모하게 수영하는 사람들에게 경고하는 해수욕장 관리자 · 신혼여행 중인 커플들

115쪽의 그림에서는 프랑스인들이 모래 위에 어떤 식으로 느긋하게 앉으며, 첨벙거리고 물장난치기 위해 어떤 옷차림을 하는지, 또 영국인 남녀가 입으면 대다수가 우스꽝스러워 보일 옷을 어떻게 소화해내고, 어떤 우아한 몸짓으로 품위를 유지하는지 살펴볼 수 있습니다.

왼쪽 페이지와 위의 스케치는 바다를 대수롭지 않게 여기거나 탈의실 주변을 어슬렁거리는 어중이떠중이들의 모습을 골라 그린 것입니다. 모래 위에 놓인 의자와 이동식 탈의 시설 들은 트루빌만의 고유한 특징입니다.

오후가 되면 화사한 차림으로 바쁘게 움직이는 사람들이 모래사장을 뒤덮습
니다. 공들여 지은 옷을 차려입은 어린이들은 모래 놀이를 하고, 수수한 차림의 하녀들
이 그들을 돌봅니다(위를 보십시오). 그 너머로 멀리 보이는 곳이 센 강 어귀인데 근처
에 항구 도시 아브르가 있습니다.

　　위의 스케치에는 해수욕 가운을 걸치고 바다로 내려가는 중인 신사 두 명이 보입니다. 이들은 바지가 발명되기 한참 전의 고대인들 같습니다. 그들이 걸친 해수욕 가운은 토가[2]에서나 볼 수 있을 법한 주름과 스위핑 라인[3]을 갖추고 있어 편안함과 품위를 동시에 얻었습니다.

　　숙녀들은 수영을 마치고 방으로 돌아가 호젓한 시간을 보내기 위해 황급히 달려갑니다. 보아 하니 시중을 드는 하녀, 즉 숙녀들이 수영을 마치고 나와 흠뻑 젖어 바닷물이 뚝뚝 떨어지는 가운을 벗어 던지기를 기다리는 사람은 없었습니다.

· 남자다운 놀이

그리고 여기, 눈에 띄는 인물—박제한 쥐로 장식한 붉은색 벨벳 모자를 쓴 숙녀—의 초상화가 있습니다. 그녀는 이 모자가 대단히 적절하고 고상하다고 여기겠지만 분명 이와 다른 견해도 있을 것입니다.

초상화 밑의 작은 그림은 사람이 많은 해변 지역의 원경입니다. 이곳에서는 항상 깃발과 플래카드가 펄럭이며, 축제의 떠들썩한 분위기를 유지합니다.

가장 아래 스케치는 구경꾼 중 일부를 그린 것입니다. 바닷가에서 벌어지는 흥겨운 놀이에 참여하지는 않고 그저 조용히 바라보기만 하는 사람들, 아브르에서 배를 타고 와 잠시 들렀거나 다른 곳에서 기차 편으로 방문한 여행객들입니다.

마지막 스케치는 화가들이 바닷가를 그릴 때 사랑해 마지않는 주제인 페르세
우스와 안드로메다[4]를 묘사한 것이 아닙니다. 그림 속 여인은 해수욕장 관리자의 격려
와 구조를 기다리고 있는 소심한 처녀입니다. 이 여인은 바닷물에 뛰어들기 전, 이미 해
수욕 가운을 집어던지고 양산을 흔들며 미친 듯이 바다로 달려가는 뒤쪽의 신사와는 아
무 관계도 없습니다. 이런 행동은 일부 외국인들이 남들의 이목을 끌기 위해, 혹은 남아
도는 혈기와 야성적 충동을 발산시키기 위해 신사들이 흔히 하는 행동 가운데 하나입
니다.

Brighton

1879년 12월 크리스마스 특집

브라이튼

1879년 11월에 그린 것들

저는 브라이튼에 다녀온 뒤, 이 첫 방문에서 받은 인상의 일부를 연필로(실제로는 펜으로) 기록했습니다(여기에서 '저'는 이 유명한 해변 휴양지의 사람들과 풍경을 스케치한 화가를 가리킵니다. 모든 사람을 위해 그린 '그림'인 동시에, 특히 브라이튼에 가본 적이 없는 사람들에게 들려주는 '이야기'입니다. 매우 최근까지만 해도 저 역시 그러한 부류였습니다).

파빌리온과 그밖의 것들

앞쪽의 그림은 그 유명한 파빌리온Royal Pavillion[1]—조지 4세가 섭정공 시절에 세운 해변 별궁—의 모습입니다. 여행 경험이 적은 영국인의 눈에는 매우 이상해 보이는 대저택입니다. 현재 이 건물에는 사람이 살지 않고, 응접실과 홀, 그리고 기묘한 장식의 스위트룸들을 가끔 콘서트, 강연, 무도회, 사교 모임, 축하 모임을 위해 빌려준다고 합니다. 지난날 파빌리온에서 생긴 즐거운 사건들에 대한 일화는 수두룩하고, 이웃집으로 이어진 지하 통로에 대해 수군거리는 소문도 있습니다.

그러나 저는 이러한 소문과 아무 관련도 없습니다. 단지 브라이튼다운 것들의 외형적인 면에 대한 여러분의 관심을 환기시키길 바랄 뿐입니다. 그러나 이 바람은 제가 파빌리온과 수족관을 방문한 뒤 꿈을 꾸는 것을 막지 못했으며, 그 결과 여러분을 위해 꿈속에서 본 장면을 그려보았습니다. 쭉 뻗은 해변과 두 사람이 바닷가를 산책하는 모습입니다. 그들은 멀리서 보았을 때 이상해 보였으나, 가까이 다가오자 잘 아는 사람들이었습니다. 바로 영국 왕 조지 4세의 복장을 한 남자와 수족관의 인어[2]였습니다. 인어는 애교 넘치는 태도로 남자를 이끌었으며, 남자는 그녀의 부드러운 미소와 우아한 몸짓에 완전히 매료된 것 같았습니다. 수족관 수조에서 가장 인기 있는 물고기 중 일부가 가까운 바다로 탈출한 것도 보았습니다. 물고기들은 머리를 밖으로 내놓은 채 동그랗고 간절한 눈으로 걸어가는 두 사람을 응시하며 기다렸습니다. 이 물고기들이 과연 무엇을 기다리고 있었는지는 결국 보지 못했습니다. '유럽 최초의 신사'[3]였던 남자의 왼발이 바닷물에 막 닿으려 할 때에야 겨우 꿈이었음을 알아차리고 깨어났습니다.

이 스케치가 브라이튼의 과거와 오늘날의 주민들을 연상시키기 때문에 이 자리를 빌려 소개해드리는 것입니다.

앞 페이지의 스케치 왼편에서 여러분은 디즈레일리Disraeli[4]를 닮은 행상을 발견할 수 있을 것입니다. 이 행상의 모습은 제가 꿈에서 보았던 장면이 아닙니다. 그는 실제로 이 일대를 돌아다니며 토피 사탕을 파는 실존 인물인데 킹스 로드King's Road를 자주 오가는 사람들 사이에서는 꽤나 유명합니다.

토요일 오후의 행렬

위의 스케치에서 여러분은 제가 처음 브라이튼에서 외출했을 때 받았을 인상을 어렴풋하게나마 짐작할 수 있을 것입니다. 마침 토요일 오후였고, 대부분의 사람들이 토요일다운 모습이었습니다. 바쁜 일주일을 보내고 이제야 겨우—깨끗한 칼라와 깃털 장식이 달린—옷을 차려입고 짧지만 안락한 여가를 즐기고 있다는 느낌이었지요. 아마도 그들 대부분은 주말을 즐기러 이곳에 왔을 것입니다. 저는 남편과 아내, 애인과 연인[5], 그리고—들먹이기 거북하지만—경쟁자들 사이의 만남과 그들이 서로 의식하는 광경을 흥미롭게 살펴보았습니다. 담배, 환자용 휠체어, 매부리코, 검은 눈, 털 재킷, 깨끗이 닦은 부츠 등이 수두룩이 널려 있었습니다. 숙녀들 중에는 잘생긴 얼굴이, 신사들 중에는 심하게 꼬불꼬불한 검은 곱슬머리와 턱수염이 꽤 있었습니다. 옆으로 난 길을 따라서는 매주 한 번 빼먹지 않고 승마를 즐기는 사람들이 지나다니고 있었습니다. 안장에 앉았을 때 "집에 있는 것처럼" 편안하지 않다면, 아마도 매일 말을 타기보다는 좀 더 변화무쌍하고 생산적이면서도 신 나는 일을 찾는 편이 더 나을 것입니다.

125

사람들이 쓴 다양한 모자

앞 페이지 오른편 그림에서 당시 보았던 모자 중 몇 가지 주목할 만한 디자인을 보여드리고자 합니다. 모자를 쓴 이들이 어떻게 여길지 걱정한 나머지 그림을 그리는 동안 들키지 않으려 지나치게 애쓰지 않았더라면 더욱 정교하게 묘사할 수 있었을 것입니다.

승마 교습

브라이튼에 도착한 지 얼마 되지 않아, 대단히 사무적인 태도로 말을 타고 터벅터벅 지나가는 행렬을 목격했습니다. 10여 명의 아가씨들이—교관은 '젊은 숙녀'라는 호칭을 사용했습니다—저마다 체구는 다르지만 하나같이 기백이 넘치는 말을 타고 있었습니다. 발은 작지만 억센 조랑말부터 몹시 여위고 늙어 발굽마저 주저앉은 군마까지 다양한 말들 사이로 한 남자를 발견했습니다("부럽군!" 누군가 이렇게 외치는 소리가 들렸습니다). 다리가 긴 이 남성은 시종일관 진지한 태도였습니다. 아마도 그의 직업, '여성을 위한 승마 교관'에 완벽히 적응한 듯 보였습니다.

저는 이 기마 행렬을 될 수 있는 대로 정확하게 표현하려고 노력했습니다(위의 그림을 보십시오). 왜냐하면 이 말 타는 여성Equestrienne들은 브라이튼의 일상에서 매우 중요한 특색 가운데 하나이기 때문입니다. 탁 트인 승마장을 향해 구보로 달리는 말과 그 주인은 킹스 로드에서 흔한 풍경입니다. 사색에 잠겨 거니는 사람들은 '안장'에 앉은 여성들의 다양한 모습을 다른 속도에서 보는 것보다 더 면밀히 관찰할 수 있습니다. 심한 반동을 줄이기 위해 온갖 시도를 한 안장이 눈에 띕니다. 우아함을 한결같이 유지하기 위해 안장의 탄력을 높이는 것이 초보자들 사이에 널리 퍼져 있는 방법입니다. 승마 교관들은 매우 바쁜 시간을 보내고 있습니다. 그들은 어린 소년 소녀, 그리고 장성한 숙녀들과 함께 하루 종일 말을 타고 여기저기 돌아다닙니다. 확실히 브라이튼에서는 모든 계층의 사람들이 자주 말을 타는 편입니다. 집에서(앞으로는 주로 관광객들에 대해 언급할 것입니다) 매일 말을 타는 사람들도 있지만, 대개는 집에서라면 결코 승마를 즐기지 않기 때문입니다. 운동 삼아, 재미로, 아니면 안장 위의 스릴을 즐기기 위해 말을 타는 사람들도 있습니다. 이 마지막 부류의 사람들은 자신들이 원하던 효과를 보기도 합니다.

해리어 사냥개, 사냥꾼들과 함께 보낸 하루

다운스에서 사냥에 대한 이야기를 듣고, 시내에서 몇 킬로미터 떨어진 데블스 다이크Devils Dyke[6]의 회합 장소로 갔습니다. 우리는 언덕 위에 있는 여관에 도착했습니다. 이곳에서는 몇 개의 자치주가 한눈에 보인다고 합니다. 그러나 이날은 안개 때문에 가장 가까운 곳에 있는 완만한 구릉밖에 볼 수 없었습니다. 모든 것이 흐릿했습니다. 때문에 계곡의 움푹 꺼진 지대가 몹시 무섭게 느껴졌습니다. 말을 탄 사람들은 분명 언제나 무섭게 느꼈을 것입니다. 사냥개들이 앉은 채 움직이라는 명령을 기다릴 때의 모습이 보기 좋았습니다. 사람들이 모인 들판은 그다지 만족스러운 풍경은 아닙니다. 주인과 채찍은 멋졌지만, 그 외의 사람들 중에서 여러 명은 과장하여 진지한 표정을 짓고 있었습니다. 말을 탄 사람들 대다수는 그들이 무엇을 위해 왔고, 무엇을 하기로 되어 있는지 확실히 알지 못하는 것 같았습니다. 그리고 이러한 느낌은 제가 관찰하는 내내 계속되었습니다. 해리어 사냥개들이 달려가다가 몇 분 전에 토끼가 지나간, 가시금작화 덩굴 주변에 코를 박고 빙빙 돌아도 용감한 스포츠맨 몇몇은 사냥에는 도통 관심이 없고 멀리 떨어진 계곡 한가운데를 전속력으로 쾌활하게 질주하거나 이기적이게도 혼자만 즐기며 훨씬 멀리 떨어진 가파른 언덕을 누볐기 때문입니다.

개들을 바싹 쫓아가며 불쌍한 산토끼를 추적할 것을 재촉하는 동안, 일부 두드

· 킹스 로드의 오후

러지는 승마 애호가들은 멀리서부터 눈여겨보았던 울타리, 즉 어린 양을 보호하기 위해 쳐놓은 울타리를 훌쩍 넘어 사냥터를 벗어났습니다. 단 한 번이었으니 목장주는 틀림없이 너그럽게 이해해주었을 것입니다. 승마 바지에 부츠를 신은 사람이 그처럼 씩씩하게 말을 타고 갈 때면, 무엇이든 솜씨 좋게 해내야 하는 법입니다.

　　위 스케치에서는 장비를 갖추고 사냥감을 추적하는 다양한 방식을 엿볼 수 있으며, 멋진 사우스다운종의 양이 풀을 뜯어먹는 초원—가끔은 순무를 심은 경작지로 풍광이 변하는—너머로 말이 달려갈 때 목격했던 영국의 자연에서 얻은 몇 가지 아이디어도 확인할 수 있습니다. 여러 사람이 마차를 타고 여우 사냥을 구경하기 위해, 그리고 나중에 운 좋게 사냥개들의 움직임을 충분히 살펴볼 수 있는 지점을 확보하기 위해 다이크 하우스Dyke House[7]로 향합니다. 포근하고 맑은 날 높은 곳까지 말이나 마차를 타고 가는 것도 그럴 만한 가치가 있습니다.

　　스포츠맨들이 강한 바람이 몰아치는 다운스에서 거칠고 흥분되며 스릴 넘치는 모험을 경험하려 드는 것과는 대조적으로, 부두의 벤치에 앉아 평화로운 휴식을 즐기며 악단이 아침 음악을 연주하는 동안 산책로를 활보하는 정도의 가벼운 운동을 즐기려는 사람들을 바라봅니다. 많은 주민과 어마어마하게 몰려드는 관광객들을 고려하면, 브라이튼 부두는 부두를 사랑하는 사람들이 예상하거나 기대하는 것만큼은 붐비지 않습니다.

이제 저는 중요도와 인기 면에서 오래된 체인 부두Chain Pier를 능가하는 서부두 West Pier에 대해 이야기하려 합니다. 시민들은 이 다채로운 경관을 책으로까지 펴내고, 이곳을 '새 체인 부두New Chain Pier'라 부르며 매우 자랑스러워합니다. 브라이튼에 머무는 동안 아침마다 부두에서 다양한 표정의 사람들을 만날 수 있었습니다. 그리고 우리가 앉은 자리에서 그들 가운데 여러 사람—자리를 뜨지 않고 군중 속에 섞여 있는—의 얼굴을 그렸습니다. 그중 몇몇을 살펴보시기 바랍니다.

부두의 단골들

그들의 용모로 추측하건대 이들은 세계 여러 민족 중에서도 과거 대단히 특혜를 누렸던 민족[8]에 속하는 듯합니다. 여전히 호감을 사고 있지 않습니까? 이들은 '부유한' 삶을 살고 있습니다. 그렇지 않다면 그처럼 멋진 옷을 입거나 이처럼 한꺼번에 많은 비용을 들여 브라이튼에 체류할 수 없겠지요. 이렇게 은혜로울 데가! 잘생긴 사람들을 매우 흔히 볼 수 있는 이곳에서도 가장 눈에 띄는 미모(여성)가 왜 그 민족에 속하고, 둥그스름하고 실팍한 조끼를 입은 사람(남성) 역시 대부분 그들인지. 그럼에도 브라이튼에 오는 최상류층 중 많은 이들이 부두를 꺼린다고 합니다.

우리가 본 것 중 가장 재미있고 감동적인 광경은 바로 휠체어 무리였습니다. 옆 페이지의 그림을 보시지요.

환자

부두의 환자

옷을 단단히 껴입은 커다란 몸 위에 혈색 좋고 튼튼해 보이는 인상의 수염투성이 얼굴이 얹혀 있습니다. 휠체어에 실려 여기저기 끌려다니는 동안 미소 짓는 아가씨 한 무리가 근처에서 서성입니다. 수다쟁이 여인들은 겉으로는 쾌활해 보이지만 속으로는 짜증이 난 어느 병자의 영혼이 인생을 즐겁고 눈부시다 느끼게 합니다. 어쩌면 그의 병환은 고작 통풍일 수도 있습니다. 지금쯤이면 처음 브라이튼을 방문하는 사람들에게도 그 사실이 널리 알려졌겠지요.

잔디밭 위의 일요일 아침

예배 후의 풍경은 이곳의 특색을 잘 드러냅니다. 스카버러의 방문객들이 휴가 기간 동안 적절한 시간에 남쪽 절벽에서 산책을 즐기는 것처럼 이곳 사람들도 11월이면 이리저리 산책을 다닙니다. 그러나 행인들의 수가 더 많고 저마다의 특색도 더 다양하지요. 아마 차림새도 좀 더 세련되었을 것입니다.

이 스케치는 너무 작아 산책하는 사람들의 특징을 제대로 담지는 못했습니다. 잔디밭은―제가 그렇게 부르는 장소―클리프턴빌Cliftonville로 향하는 길과 바다 사이에 있는 아주 넓은 풀밭입니다. 그곳에서 브라이튼의 아름다움과 패션, 우아함과 애정, 자부심과 영광을 두루 목격할 수 있습니다.

오후의 킹스 로드

128쪽의 그림은 바쁘게 움직이는 도시 풍경을 대충이라도 짐작하실 수 있도록 그린 것입니다. 모든 주민과 관광객은 자신이 그 광경의 일부임을 날마다 깨닫곤 합니다. 랜도 마차, 빅토리아 마차[9], 이륜마차, T자형 마차, 이륜 손수레, 사륜 쌍두마차, 전세 마차, 삼륜차, 자전거 등 모든 종류의 탈것이 덮개 없이 거리 한복판을 굴러다닙니다. 가끔 으스대며 탈것을 끌고 지나가는 사람도 있고, 그림 왼쪽 맨 밑의 장면처럼, 염소가 끄는 초라한 마차도 자주 지나다닙니다.

여행철이 되면 사람들은 야외를 최대한 즐깁니다. 심지어 11월에도(12월에도 마찬가지라고 들었습니다만) 해변의 퍼레이드를 따라 휠체어들이 움직입니다. 수많은 신사 숙녀들이 유행하는 차림을 하고 가게마다 내건 깃발을 따라 상점가를 한가로이 거닙니다. 짧고 칙칙한 외투, 꽉 끼는 바지를 입고, 납작한 모자를 쓴 젊은이들을 보십시오. 요즘 젊은이들―스포츠맨이든 아니든―사이에서 대단히 인기를 끄는 복장입니

132

다. 그림에 보이는 또 다른 종류의 납작한 모자는 성직자의 경건한 머리를 가려주고 있습니다. 성직자들은 특히 브라이튼을 좋아하는 듯하여 꽤 자주 마주치게 됩니다.

길에는 마차가 아닌 말을 탄 사람(남자와 여자를 가리지 않습니다)들이 많습니다. 유대인 신사 한 명이 빌린 말을 타고 의기양양하게 달려갑니다. 그는 흔들거리는 와중에도 자세를 바로잡고, 대단히 바람직한 일을 하고 있다는 느낌에 젖어듭니다. 자기 소유의 멋진 말을 탄 브라이튼의 한 신사는 좀 더 얌전히 지나갑니다. 이미 승마를 익힌 숙녀들이 분주한 풍경에 우아한 자태를 더하며, 오후 산책을 즐기는 아직 학생인 듯한 젊은이들의 동경을 자극합니다. 브라이튼에는 학교가 매우 많다 보니 소년 소녀들도 무척 많습니다. 여러분도 브라이튼을 돌아다니다 보면 열을 지어 다니는 학생들을 보게 될 것입니다. 그리고 이들과 마주쳤을 때에는 옆으로 비켜서서 길 가운데를 양보해야 합니다. 이는 오래전부터 그들의 권리였으며, 젊은 숙녀들은 이 권리를 주장할 기회가 올 때 느끼는 즐거움을 입버릇처럼 이야기하곤 합니다. 아름다운 두 얼굴이 행렬의 선두에서 자부심과 침착함, 때로는 건방짐으로 마주친 상대를 압도할 때, 반대편 젊은이들의 입장에서 어수선한 분위기를 깨고 패배를 인정하는 것 외에 달리 할 수 있는 일이 무엇이겠습니까?

대부분의 사람들이 브라이튼의 기후가 대체로 포근하고 쾌적할 거라 믿습니다. 그 이상으로 많은 이들이 자신의 건강을 위해 다른 사람들을 만나러 여기까지 옵니다. 그러나 솔직하게 말하면 이러한 관광객들이 브라이튼보다 더 매력적입니다.

The Rivals

1879년 12월 크리스마스 특집

경쟁자들

시합 사냥터로 가는 길.

질주 "미래의 영광을 위해!"
개울에서 숙녀에게 선두를 내주다.

싸움 사랑, 실망, 질투, 분노, 진흙, 그리고 개울 속.

이별 또 만납시다, 안녕히.[1]

A Visit To Venice

1880년 9월

베네치아 방문

베네치아에 가본 적이 없는 벗들에게

터너Turner[1]를 비롯한 여러 서정적인 화가들이 베네치아를 그린 걸작들을 잠시 머리에서 지우고, 제 눈에 비친 도시를 그대로 보여드릴 수 있게 허락해주십시오.

먼저 기차역에 도착하자마자 보이는 바깥 풍경입니다. 전세 마차가 보이지 않는 것은 물론, 마차 바퀴 소리도 들리지 않습니다. 달빛을 받으며 조용히 걸어 내려가면 망토를 걸친 나이 지긋한 베네치아인의 도움으로, 배—그러니까 곤돌라—를 탑니다. 그는 팔을 내밀고, 갈고리를 걸어 배를 고정시키는 동시에 모자를 내밉니다. 그다음 길가에 어둡고 조용한 대저택들이 늘어선 대운하Grand Canal를 따라 부드럽게 미끄러져 갑니다. 곤돌라는 모퉁이에 등불을 밝힌 작은 수로 몇 곳을 슬며시 빠져나갈 것이고, 어느새 호텔 앞에 당도해 있을 것입니다.

짐을 든 사람들, 그리고 냄새나는 좁은 골목을 주의 깊게 걸어다니는 사람들 등 모든 이를 실어 나르는 것은 곤돌라를 비롯한 여러 배들입니다. 우산을 카누의 돛으로 사용하던 미국 소년들, 그리고 어느 맑은 날, 우리 일행 가운데 어느 신경질적인 사람을 제외하면 물에 빠진 이는 없습니다. 오른쪽 위에 갈고리 모양의 나무에 걸려 건져지는 그의 모습이 있습니다.

이제 여러분은 베네치아의 총독이 어떤 인물인지 궁금할 것입니다. 총독을 찾아낼 수 없었지만, 그와 매우 비슷한 얼굴을 두셋 보여드립니다. 이들은 어쩌면 모체니고 가문[2], 그리마니 가문[3] 등의 후손일지도 모릅니다. 이들의 모습은 산 마르코 광장에서 스케치했습니다. 틴토레토Tintoretto[4]는 이런 귀족들의 훌륭한 초상화를 많이 남겼습니다. 여러분은 그의 특별한

재능을 이미 잘 알고 있겠지만, 카르파치오Carpaccio[5]의 화풍은 생소할 것입니다. 이곳에서 본 그의 작품은 매우 훌륭합니다. 저는 카르파치오의 화풍을 따라 그리려 했지만 힘들었습니다. 저의 스타일은 그의 화풍과 조금도 닮지 않았지요.

왼쪽 페이지 아래의 그림은 베네치아 사람들이 맨 처음 살았던 지역이었지만 이제는 활기와 인적 모두 거의 찾을 수 없는 늪지의 섬, 토르첼로 근방을 그린 것입니다. 복숭아 나무와 체리 나무의 꽃이 활짝 피는 계절에 곤돌라를 타고 토르첼로 지역을 방문해보십시오. 달콤한 기분 전환이 될 것입니다.

베네치아의 중심지라 할 수 있는 곤돌라 선착장의 풍경도 전합니다. 부두에는 유명한 둥근 기둥이 둘 서 있습니다. 위의 스케치에 보이는 것이 그중 하나로, 꼭대기에는 '성 마르코의 사자'[6]가 있습니다. 또한 여러분은 그림에서 자주 보았고, 그보다 더 흔하게는 사진으로 접했을 총독 궁전Doge's Palace[7]의 일부를 볼 수 있습니다. 우리 쪽에서 보이는 부분은 한창 복원하는 중이어서 건물에 쳐놓은 발판과 비계들에 가려져 몹시 흉한 몰골입니다. 하지만 안전을 위해 필요한 장치라고 합니다. 복원 작업에 참여했던 조각가 가운데 한 명은 적은 보수와 신체적 고통 속에서도 엄청난 시간과 열의를 쏟아부으며 오래된 기둥머리를 복원했는데, 위원회가 자신

의 결과물을 만족스럽게 여기지 않는다는 사실을 듣고는 그 길로 집으로 돌아가 지체 없이 목숨을 끊었다고 합니다. 가엾기 짝이 없는 성실한 예술가 같으니!

기회가 된다면 영국의 머레이, 러스킨의 베네치아에 대한 묘사[8]에서 급히 서두르는 곤돌라 사공들의 움직임도 찾아보십시오.

왼쪽에 운하 뒤 다리와 모퉁이를 담은 자그마한 그림도 소개합니다. 그림 한가운데는 (이제 정숙하셔야 합니다!) 탄식의 다리Ponte dei Sospiri[9]가 있는데, 양 옆으로 한쪽에는 총독 궁전, 다른 쪽에는 감옥이 있습니다. 운하 계단에 다다른 죄수들을 보십시오. 지금보다 낭만적이었지만 '자유'는 거의 없던 시절, 죄수들은 다리의 오르막길을 걸어 올라 감옥으로 들어갔습니다.

아래 그림에서는 대운하에 떠 있는 수많은 궁전들을 살펴볼 수 있습니다. 수상 영구차처

럼 보이는 것은 지붕 덮은 곤돌라입니다. 대단히 어울리지 않는 제복을 차려입은
하인들이 타고 있는 것은 개인 소유의 곤돌라입니다.

　도시 변두리를 돌아다니는 동안, 우리는 흰 옷을 한가득 배에 싣고 있는 세탁부
들의 평화로운 정경과도 마주쳤습니다. 오른쪽을 지나가는 배는 베네치아에서 흔
히 마주치는 화려하게 채색되고 멋들어지게 장식된 배입니다. 햇살을 받았을 때
얼마나 멋졌는지! 배 위에서 흥청거리며 노는 화가들이 없는 것도 멋진 일입니다!

　그다음 스케치를 살피면, 이탈리아 여관의 음식이 처음 온 사람들에게 항상 만
족스럽지는 않고, 이 그림에 나타난 방식처럼 베네치아에서 자주 차려내는 (먹기
좋게 부드럽게 만든) 말린 생선의 맛을 결코 그리워하지 않을 것이라는 사실을 깨
달을 수 있습니다.

　시장 풍경은 작은 운하 인근의 외진 광장
에 있는 생선 가게 중에서 몇 곳을 관찰하여
스케치한 것입니다. 늦여름과 가을은 과일
을 잔뜩 실은 배들과 호박이 무더기로 쌓여
있는 부두 풍경이 대단히 인상적인 계절입
니다.

　다음 페이지 아래 그림에서 여러분은 소
상인 계층 여인들과 그보다 아래 계층의 사

람들이 어떤 차림인지 볼 수 있습니다. 이 광경은 대운하에서 운항되고 있는 수많은 페리 가운데 한 척입니다. 배경의 돔들은 여러분이 사진을 통해 너무나 잘 알고 있는 산타 마리아 델라 살루테 성당Santa Maria della Salute[10]의 일부입니다. 이 성당은 베네치아에서 꽤 흥미로운 건축물 가운데 하나입니다.

오른쪽 페이지 위의 그림은 우리 방 창문을 통해 본 정경을 스케치한 것입니다. 섬과 종탑, 그리고 산 조르지오 마조레 성당San Giorgio Maggiore[11]이 저 멀리 보입니다. 또한 주데카 섬 일부도 작게 보입니다. 이날은 교회의 축제일이었기 때문에 작은 배와 곤돌라를 탄 사람들이 교회로 모여들고 있습니다. 왼쪽으로는 기선汽船이 리도 섬에서 먼 바다에 떠 있습니다. 아드리아 해의 모래로 뒤덮인 리도 해변에서 사람들은 수영과 산책을 즐깁니다. 앞쪽에 사람들이 잔뜩 모인 곳은 '노예들의 부두 Riva degli Schiavoni, Quay of Slaves'[12]입니다. 마술사가 군인들과 산책하는 사람들에게 웃음을 선사하고 있습니다. 바람이 불고 쌀쌀한 날씨입니다. 몇몇 남자들은 모피로 칼라를 댄 외투를 입고 있습니다. 여러분에게 총독 궁전이 보이지 않는 베네

치아의 스케치를 보여드리는 것은 전례가 없는 일이 틀림없으나, 저는 단지 베네치아의 곳곳을 보여드리고자 하는 충성스러운 마음을 입증하려 작게나마 그림을 그렸습니다.

아래에 리알토 다리Ponte de di Rialto[13]의 아름다운 경치가 있습니다. 그러나 운하 쪽

에서 바라본 것은 아닙니다. 이 그림에서는
아침 장을 보기 위해 유명한 다리 위와 주변
에 무리를 지어 있는 사람들이 보입니다. 수
입품보다는 민들레가 더 많이 거래되고 있
습니다.

· 콜레오니 기마상

　　　　마지막으로 광장 풍경을 전해드리며 이 편지를 마칩니
다! 산 마르코 광장을 배경으로 기마상도 보입니다. 그리고
B 씨[14]가 그림의 중앙에 있는 러스킨 씨를 위해 산 마르코 광
장을 그리고 있습니다. 오른쪽에 카페 플로리안[15]이 있고, 관
광객들이 앞쪽에 있는 비둘기 떼에게 먹이를 주고 있습니다.

To our Friends who have never been to Venice:　　　Put Turner & the other Poetical painters out of your minds for a while & let us shew you the city as we see it. To begin with —　here is the scene outside the Railway Station on arriving. No cabs — no noise of wheels.　You step calmly down by the light of the moon into a boat — a Gondola — with the help of an elderly cloaked Venetian, who offers his arm, fixes the boat with a hook, & holds out his hat all at the same time: & then you glide smoothly along the Grand Canal — bordered with palaces which are lightless and silent — slip stealthily thro' some smaller corner-lamped canals & find yourself at your hotel. All carrying of goods, & of people who do not care to walk along the odorous narrow alleys, is done by Gondolas & other boats, yet nobody ever falls into the water — except American boys

who will use umbrellas as sails for canoes & fussy people like one of our party who fell in one fine day. Here he is, being hooked out. Now you are sure to want to know what a DOGE is like — we could not find an exact Doge: but we give you 2 or 3 heads of men who are very like Doges — perhaps descendants — Mocenigos, Grimanis, &c. — they were sketched in S. MARK'S. The sort of men TINTORET would have made capital portraits of. You have seen specimens of his powers — but you do not know the style of CARPACCIO. His pictures here are very fine: We intended to have worked in his manner. we can't, however. Our Style is not a bit like his.

This is a scene near TORCELLO, the island of the lagoons first peopled — now unhealthy & almost peopleless. To go there in a gondola is a sweet change when the peach & cherry are in blossom.

It has a fine church.

148

Here is the scene at the chief gondola stand — on the quay under the 2 famous columns —
you see in the sketch that which bears the Lion of S. Mark on the top. You also see part of the
often-painted — or rather, often-pictured — Doge's Palace. The corner facing us is hidden and
uglified by scaffolding & hoardings behind which they are "restoring" — obliged to do so for the sake of
safety, it is said.   One of the sculptors engaged spent much time, zeal, & pains — working
for little money — in copying one of the old capitals of the lower pillars, & on finding the result
unsatisfactory to the committee, he went home & died without more ado.   Poor earnest artist!
Notice the rush of gondoliers at the Murray'd & Ruskin'd Britons.

On the left here is a little view of a
bridge & corner in a back canal, & on
the right — now be calm! — is the Bridge
of Sighs, with the Doge's Palace on one
side & the prison on the other. Observe
the gang of criminals being landed
at the Canal door. In more romantic,
but less "free" times they entered by the
exalted way of the bridge.   Next
we have one of the many palaces on the Grand Canal.
The seeming aquatic hearse in the forewater is a covered
gondola — a private one with servants clad in most
unsuitable liveries.

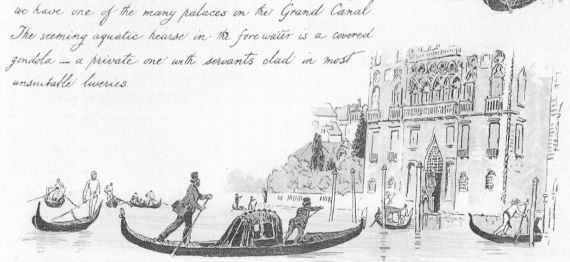

While gliding round the edge of the city we came upon the above peaceful scene of a boat taking in a cargo of clean clothes & washerwomen. The passing sail is but a mild specimen of the splendidly coloured & wonderfully ornamented sails which dot the lagoons. How brilliant they are when the sun is on them! And have not painters revelled in them? By the next sketch we are reminded that although the food in the Inns of Italy is not always well-pleasing to the stranger yet

he never seems to yearn for a taste of the dried stock-fish which he so often at Venice sees being prepared (rendered tender for eating) in the manner here shewn.

The market scene is a sketch of a few fish-stalls in an out-of-the-way piazza on a small canal. Late summer & the autumn are the seasons for the fruit-laden

boats & pumpkin-piled quays.   In the drawing below you can see how the women of the
shopkeeping class & those below them dress. The scene is at one of the many fer-ries on the Grand
Canal. The domes in the background

belong to the church of S. Maria della Salute, which you know so well from pictures. It is one of the
least interesting in the city.   A sketch from our windows. The isle.

campanile & church of S. Giorgio
Maggiore are in the distance, also

hart of the Giudecca island) & people in small boats & gondolas are flocking to a church fête. On the left is the steamboat off to the island of the LIDO, where they bathe & walk on the sandy shore of the Adriatic. In the foreground is the Quay of the Slaves with a juggler entertaining a group of soldiers & other strollers. It is chilly in the wind & some of the men wear their fur collared cloaks. To give you sketches of VENICE without a view of the Doge's Palace & the great Campanile as seen from the island of S. Giorgio would be so unheard of a thing that we have made a little drawing of it just to prove our locality. In RIALTO too here is a view of it, but not from the canal. You see people crowding about & up the steps of the famous bridge to do their morning marketing. There is more traffic in dandelion than in foreign stocks. campanile & Mr B painting S MARKS for And the PIAZZA Here it is at last! with S MARKS in the background, the base of the Mr Ruskin in the middle, Florian's Café on the right & tourists feeding the pigeons in front.

PARROC. S. SALVATE

COPY RIGHT

THE COLLEONI MONUMENT.

The Wychdale Steeplechase

1880년 12월 크리스마스 특집

위치데일 장애물 경주

출발 님로드 오언 경이 경기를 지배합니다.

첫 번째 장애물 디들 씨의 애마 캐멀이 질주합니다. (기수는 디들 2세입니다.)

경기장을 크게 돌며,
모기지 씨와 마틴게일 대령이 승리를 다툽니다.

그러나 마지막 울타리에서 부딪치는 바람에 그들의 계획은 틀어집니다.

혼란 통에 캐멀이 결승점 푯대가 아닌 엉뚱한 쪽으로 뛰어들고
그레이 프라이어를 탄 지주 마버그 씨가 독주합니다.

경주는 훌륭한 사냥 지역을 3마일 가로지른 곳에서 끝납니다.
신사 기수들이 체급별로 모입니다.

[For Horses regularly ridden with Sir N. O's hounds]

· 님로드 오언 경의 사냥개들과 함께 정기적으로 달리는 말들을 위해.

톰 펠로우스 씨는 개울에 빠지는 바람에 탈락했습니다.

Our Haymaking

1881년 6월 여름 특집

건초 만들기

OUR HAYMAKING.

목초지 딸린 시골집을 샀다네.

건초 베기에 자원한 이들의 용맹한 행렬을 보라지.

베고,

뒤섞어 말리고,

날랐다네.

그리고, 오! 흥겹게 놀았다네.

Mr. Carlyon's Christmas

as noted in his Diary Pictured by his Grandson(RC)

1881년 12월 크리스마스 특집

칼리온 씨의 크리스마스

그의 일기장에 기록된 내용과 손자(랜돌프 칼데콧)의 그림

12월 21일

크리스마스를 말리 홀에서 보내자고 지주 우드 씨가 초대했다.
그쪽에서 전세 마차를 보내주어 즉시 출발했다.

레드 체스터 마차[1]에 한 자리 잡고 앉았다.

12월 23일
슈롭셔의 도로에 눈이 많이 내려 지체되었다.
뒤에서 마차를 밀어야 했다.

도딩턴의 사이드바에서 이륜마차를 탄 옛 하인과 우연히 만났다.
우리는 조금 위로 올라간 길에서 노상강도 둘을 만나 멈춰 섰다.

노상강도들을 쓰러뜨리고 붙잡아
가까운 곳의 치안판사에게 끌고 갔다.

말리 홀에 늦게 도착했지만 우드 씨의 환대를 받았다.
시골 사람인 듯한 손님들 가운데 한 명이
나를 아주 싫어하는 표정을 짓는 것을 알아차렸다.
그가 외모에 관심이 많은 도시 남자들을 증오한다고
투덜대는 소리를 우연히 엿들었기 때문이다.

12월 27일, 28일, 29일
눈 때문에 옴짝달싹 못하게 되었다.
실내용 오락들, 음악, 가벼운 연애 등등을 즐겼다.
다이애나 우드는 좋은 아가씨다.

1월 2일
눈은 거의 그쳤다.
시골 지주 멜로 씨는 총각인 자신이 돋보일 기회를 발견하고,
사냥개들을 데려오라고 요청했다.
월계수 덤불에서 여우 한 마리를 발견했다.
내가 선두였고(그 바람에 멜로 씨의 기분이 상했다),
그 자리를 다이애나에게 넘겼다.

담장을 넘을 때 내 뒤에 바싹 붙어 말을 몰면
위험하다고 멜로 씨에게 깨우쳐주어야 했다.

말을 타고 다이애나와 같이 돌아오는 길은 즐거웠다.

1월 3일

다이애나가 좋은 아가씨라는 점, 그리고 매우 예의 바르다는 것은
의심할 여지가 없다. (칼리온, 조심해!) 오늘 그녀에게 책을 읽어주고 있을 때,
멜로 씨가 방해하더니 곧 무서운 얼굴로 문을 쾅 닫고 나갔다.
그는 틀림없이 다이애나의 구혼자다.

1월 4일

노신사가 멜로 씨가 보낸 도전장을 들고 기다리고 있었다.
물론 무기 선택권은 나에게 있다.

1월 5일

밤새 눈이 내렸다. 채찍을 무기로 골랐다.

우리는 아침 8시 37분부터 10시 14분까지 싸웠다.

꽤 아팠다.

귀신 소리를 들었다. 하지만 곧
포츠다운 영감님이 가족 초상화마다
추파를 던지는 소리로 밝혀졌다.

1월 6일
분란을 일으키고 싶지 않아 마을 사람들에게 전할 편지를 잔뜩 들고
말리 홀을 떠났다. 우드 씨는 다음 크리스마스에도 놀러 오라고 했다.

1월 8일
다시 플리트 스트리트[2]다. 그녀와 멀리 떨어져
오래된 식당에서 식사했다. 내일 편지를 쓸 것이다.

A Meet On Exmoor

1882년 2월

엑스무어에서의 사슴 사냥

Getting out
the Tuflers

· 사냥개들을 풀어놓다.

황무지에서 사슴 사냥을 합니다.

"사냥 시작!" · 엉뚱한 곳으로 가는 개들을 멈추기 위해 달려가는 사냥개 담당자

몰이꾼이 사냥 지휘자가 너무 뚱뚱하다고 대놓고 말합니다.

개울을 건너거나

골짜기를 가로지를 때도 힘들다고 말입니다.

뒤처진 지휘자는 도움이 될 만한 일을 곰곰이 생각합니다.

결국 사슴은 마지막 개울을 건너가 버렸습니다.

The Legend Of Old Chromer

1882년 6월 여름 특집

크로머 영감의 전설

영국 왕립 미술원 회원이자 저명한 해양 화가 인디고 존스 씨는
노픽 해변에서 스케치 중인 젊은 화가를 발견하고,
그의 작업이 탐탁지 않다는 뜻을 내비칩니다.

존스 씨가 구경꾼들에게 어떻게 그려야 하는지 직접 시범을 보이는 동안,
존스 자매는 예민하고 낙담한 화가를 위로합니다.

젊은 화가는 바다를 포기하고, 두 아가씨의 도움으로 풍경 속 인물을
그리려 했지만, 왕립 미술원 회원이 또 다시 끼어들고 말았습니다.

부아가 치민 젊은 화가는 복수를 위해 간이 탈의실에서 일하는
소년으로 변장해 존스 씨를 골탕 먹이려 했습니다.

적극적이고 용감한 뱃사공이 구출에 나서자 젊은 화가는 달아났습니다.

여러 해 뒤, 존스 자매 중 동생이 먼 지방에서 우연히 그 화가와 마주쳤습니다.
그녀는 의도적으로 그와 결혼해 유명해지도록 도와주었으며,
둘의 이야기를 퍼뜨렸습니다. 세간에서는 인디고 존스에게
'크로머 영감'[1]이라는 별명을 붙여주었습니다.

알림: 이 이야기를 그린 사람은 의상에 관한 기록을 찾지 못했으며,
　　묘사된 복장에 대한 책임은 그린이에게 있습니다.

Mr. Oakball's Winter In Florence

1882년 12월 크리스마스 특집

오크볼 씨가 피렌체에서 보낸 겨울

12월의 어느 날, 우리는 아르노 강의 한 다리 난간에 축 처져
기대서 있는 오크볼 씨를 보았습니다.
그의 모친은 풀 죽은 영혼을 극복하고 식욕도 증진시킬 겸
피렌체의 맑은 기후와 흥미로운 생활을 즐기도록 오크볼 씨를 혼자 보냈습니다.

오크볼 씨가 쾌활하고 지적인 사람들과 저녁 식사를 할 수 있도록
자리를 마련했으나 결과는 좋지 않았습니다.

치마부에[1], 조토[2] 등 초기 여러 대가들의 작품, 〈최후의 심판〉 같은
유명한 프레스코화와 악인들이 겪는 고통을 보여주었습니다.
그러나 이 작품들도 오크볼 씨의 기운을 북돋우지 못했습니다.

가장 명망 높은 영국계 미국인 모임에서
조용하고 평화로운 저녁 시간을 보낼 수 있도록 꾀했지만,
이것 역시 그의 기분을 띄우지는 못했습니다.

다양한 재미가 있는 코티용Cotillon[3]에 큰 기대를 걸고
무도회에 데려가기도 했습니다. 그러나 아름다운 여인이
황금빛 과일을 먼저 잡는 행운아를 파트너로 삼으려 오렌지를 던졌을 때조차
오크볼 씨는 그저 입을 헤벌린 채 쳐다볼 뿐이었습니다.

마침내 우피치 미술관에서 한 작품을 모사하는 여인에게
깊은 흥미를 보이는 오크볼 씨를 우연히 발견했습니다.

그리고 팔라초 비올리니[4]에서 열린 가장무도회에서는
진정한 영국인다운 후광을 뽐냈습니다.

오크볼 씨는 미술관에서 본 여성이 거위 치는 아가씨로 분장한 것을 발견했습니다.

그러나 충분히 대화를 나누기도 전에 그녀는 근엄한 노신사의 손에 끌려 떠났습니다.

마침내 오크볼 씨는 거위 치는 소녀의 부모, 엄숙한 노신사
시뇨르 단테 알레그레티와 미국 출신의 부인과 진지하게 면담을 했습니다.

안정된 수입에 대해 확신하게 된 부부는 오크볼 씨의 국적과
대단히 섬사람다운 외모를 너그럽게 용인하고, 그를 사위로 받아들였습니다.

그 후, 오크볼 씨는 여러 미술관을 돌아다니며
그림 공부에 온 시간을 바쳤습니다.

원할 때면 언제든 그림을 베끼거나 거위들을 돌볼 수 있게 되었을 때,
오크볼 씨는 행복하고 유쾌한 미래를 꿈꾸며 기력을 회복했습니다.
그리고 총각 시절의 마지막 파티를 열었습니다.
(위의 스케치는 순전히 기억에 기대 그린 장면입니다.)

Facts And Fancies

1883년 5월 – 1884년 6월 여름 특집

사실과 상상

눈이 사람들에게 미치는 영향

사람들로 하여금 범죄를 저지르게 하는 악천후

· 차분한 휘스트[1] 삼세판
· 파트너를 위해 뽑은 카드　· 첫 번째 딜
· 무언가 잘못되었다!　· 게임이 끝난 뒤의 절규

How Tankerville Smith Took A Country Cottage

1883년 6월 여름 특집

탱커빌 스미스 씨는 어떻게 시골집을 얻게 되었는가

8월 말경, 탱커빌 스미스 씨가 클럽에서 홀로
'신사들의 시골 주택' 임대를 낭만적으로 그린 기사를 읽고 있습니다.
'괜찮은 생각이군! 집이 필요한 건 아니지만
딱히 할 일도 없으니 가서 살펴나 볼까?'

그리고 시골집을 찾아갑니다.

용기를 내 집 안으로 들어갑니다.
정원에 있던 사람들이 그를 살핍니다.

명함을 건넵니다.
"아, 샐럽 주의 스미스 가문 분이시군요?"

"이 세트만 끝내고 찬찬히 안내해드릴 테니,
일단은 정원을 둘러보고 계시지요."

스미스 씨는 한 바퀴 돌고 난 뒤, 응접실과 온실을 구경합니다.

침대 시트, 베갯잇, 식탁보 같은 리넨 제품을 보관하는
벽장과 창고, 그리고 위생 설비들도 살핍니다.

돼지우리도요.

그다음으로는 고풍스럽고 멋진 꽃들과

마구간도 둘러봅니다.

차를 한잔 마시고 기차를 타러 떠납니다.

"다시 들러주세요. 그때는 전원 풍경도 보여드릴게요."

다시 클럽에서 곰곰이 생각합니다.
한 번 더 들러 전원 풍경을 둘러볼 생각입니다.
하지만 솔직히 집을 사고 싶진 않습니다.
땅이나 다른 조건에서 아무 핑계나 지어내야 합니다.

다시 방문해 마을을 안내받습니다.

그가 탄 조랑말의 발이 토끼굴에 빠진 덕에
마침 토질을 살펴볼 좋은 기회가 생겼습니다.
배수가 잘되는 흙이라고 인정합니다.

물고기를 낚기 위해서는 그저 강가에 나가기만 하면 됩니다.
"낚시와 사격, 사냥을 즐기기 좋은 곳입니다."

그리고 나서 이웃의 사교 모임을 구경합니다.
(광고에는 "훌륭한 모임"이라고 적혀 있었습니다.)

붙박이 세간들을 살펴보지만 이제는
돌이킬 수 없습니다. 그래서 이렇게 말합니다.

"이 붙박이 세간들을 그대로 두시면 집을 사겠습니다."

Diana Wood's Wedding

1883년 12월 크리스마스 특집

다이애나 우드의 결혼식

다이애나 양이 칼리온 씨와 결혼 후 친구에게 보낸 편지를 그린 그림

DIANA WOOD'S WEDDING

결혼식 전날, 나는 그이가 도착하길 애타게 기다리고 있었어.
언젠가 그이가 말리 홀에 가던 중 노상강도를 만난 적이 있었거든.
나는 큰길 쪽 창문에서 그이의 모습이 나타나기를 기다렸지.

제임스 마일즈 씨와 조나 영감이 나팔총을 들고 경호하러 갔다는 것을
알면서도 불안감은 전혀 가시질 않았지. 그런데 오히려 이 대비책 때문에
하마터면 두 사람은 목숨을 잃을 뻔했어. 길모퉁이에서 갑자기 로버트 씨와
마주쳤는데 두 사람을 노상강도로 오인하고 권총을 꺼내 든 거야.

마침내 나는 그이가 길을 따라 걸어와 곧장 찰스 아저씨의 안내를 받아
들어가는 모습을 볼 수 있었어. 찰스 아저씨네 집에 머무르기로 했거든.

그렇게 우리는 다시 만났어.
로버트 씨는 하인들과 마주쳤던 때에 빗대어
'하지만 나팔총은 없이 말이지'라고 놀렸지.

그날 밤 무도회에 친척들이 모두 모였어. 그이는 틀림없이 우리 가족이
대단히 구식이라고 생각했을 거야. 얼마나 별난 가족인지!
장군인 앰브로즈 숙부에 보더톤 씨까지 죄다 참석했거든.

그리고 애시튼 할아버지는 멀리 파이퍼데일에서 오셨어.

선물을 많이 받았는데 가장 마음에 든 것은 할아버지께서 가져오신
어머니 초상화였어. 나는 어머니에 대한 기억이 별로 없거든.

수전과 마거릿이 신부 들러리가 되어줬어.
교회로 떠날 시간이 되자 다들 조금 슬퍼하더라.

겨울이 거의 끝날 무렵이었는데도 길에는 눈이 남아 있었어.
그리고 멜로 씨―너도 기억할 거야―가 친구들과 함께
사냥 복장을 하고 우리를 교회까지 에스코트해줬단다.

물론 아침 식사는 무척이나 성대했어. 감동적인 덕담 때문인지
다들 아버지가 매우 상냥하고 다정해 보였대.

마구간으로 달려가 늙은 애마 메리레그스에게 작별 인사를 했어.

돌아왔더니 작별 인사를 건네려 기다리고 있던 멜로 씨가
나를 불러 세웠어. 나에게 선물(그게 뭐였는지 넌 상상도 못 할걸)을
받아달라고 했지. 그 동안 결혼식이 끝내 엎어질 거라고 생각해서
선물을 못 줬다는 거야. 그 사람에게는 너무 미안하더라.

우리는 마차를 타고 떠났고, 즐겁고 상냥한 사람들이 분위기에 맞게
'사냥 시작Gone Away'이라는 곡을 연주해줬어. 로버트 씨가 '와아' 하는 소리를
들었다는데 그 사람은 그게 자기를 위한 함성이었다고 착각하는 거 있지.

Scenes With The Old Mickledale Hunt

1884년 12월 크리스마스 특집

올드 미클데일의 사냥 풍경

올드 미클데일의 사냥 풍경 1 — 개울로의 접근

자, 나의 용감한 젊은이들이여,
이제 깔끔하고 너그러운 말이 멋대로 굴도록 맡겨두시오.
채찍을 휘두르고, 박차를 가하는 데 인색하지 마시오.
기쁨에 푹 빠져, 두려움을 잊으시오.

올드 미클데일의 사냥 풍경 2 — 울타리 앞에서의 올바른 지휘

외투 단추를 꽉 채우고, 비록 두 눈을 감았지만
죽음과 위험을 두려워하지 않네.

올드 미클데일의 사냥 풍경 3 — 늙은 지주와 수행원들

사냥감을 허겁지겁 뒤쫓는 이는 누구인가.
야심을 품기는커녕 모든 경기는 흐름이
중요하다는 생각도 하지 못한 채.

올드 미클데일의 사냥 풍경 4 — 사냥개들에 대한 격려

대적할 이 없는 속도로 말을 모는 사람은 얼마나 행복한가.
동료들과 필사적으로 경쟁하는 무리들을
상쾌하게 지나칠 수 있으니.

A Lovers' Quarrel

1884년 6월 여름 특집

연인들의 사랑싸움

몹시 아름다운 저녁이었습니다.

하지만 두 사람은 의견이 달랐고,

그 바람에 사이가 틀어졌지요.

"하나도 신경 안 쓰이거든!"

"그녀는 분명 돌아올 거야, 장담해!"

"그녀의 발소리가 아니잖아."

순식간에 조바심이 달아올랐지요.

나무 뒤를 한두 바퀴 돌다 어떤 생각이 떠올랐습니다.
"이 사나운 야수의 희생양이 되어 그녀에게 벌을 줘볼까?"

"아니, 그러지 않겠어! 고결하고 관대한 사람이 되어야지. 달아나자!"
그리고 그는 달아났습니다.

야수는 "이제 잡았다"라고 생각합니다.

"아! 이런! 황소님!"

"오! 제발요! 황소님!"
그는 물속에 가라앉습니다.

모자가 냇물을 따라 흘러갑니다.

"이자를 아직 잡지 못했군." 황소가 생각합니다.

"안 돼, 강아지야. 내 평생 다시는 그이를 보지 않을 거야!"

"그이 모자가 왜 저기 있지? 오, 맙소사! 오, 이런, 안 돼!"

크게 놀란 연인들은 마주 보고 서로를 탓합니다.
그것이 바로 영리한 강아지 에드윈의 본모습이었습니다.

The Legend Of The Laughing Oak

1884년 12월 크리스마스 특집

웃는 참나무의 전설

어느 아침, 윅스테드의 잭 샌포드 씨와 두 친구는
수사슴 사냥을 준비했고,
바로 그 좋은 가을날, 젊은 숙녀 셋은 혼튼 숲으로
드라이브를 가자며 아버지를 졸랐습니다.

세 숙녀가 기괴하게 생긴 늙은 참나무를 살펴보고 있을 때,
자기들끼리 사냥 용어로 "사냥에 적합하지 않은
늙은 수사슴과 어린 암사슴 셋"이라고 말하는
잭과 그의 동료들을 발견하고 깜짝 놀랐습니다.

아무런 성과도 없이 계속 나아가다 숲에 이르렀을 때
그들의 예민한 귀에 갑자기 "여우다!"라는 외침이 들렸습니다.

잭과 그 일행이 환호성을 지르며
소리가 난 쪽으로 달려간 바로 그때였습니다.

그들은 참나무에 묶인 '늙은 수사슴'과
한데 묶인 세 '어린 암사슴'을 발견했습니다.

묶인 끈이 풀렸습니다.

늙은 신사는 노상강도의 습격으로
약탈과 학대를 겪은 사연을 털어놓았습니다.

강도들의 모습은 그림을 보십시오.

기묘한 상황에 붙들린 잭과 친구들은 맑게 갠 날씨에 매료되기도 했고,
강도를 당한 현장 주변을 떠나지 못한 채 계속 서성였습니다.

불안에 떨던 '늙은 수사슴'의 머리에 마침내 지갑뿐 아니라 딸들의 마음까지
빼앗길 수 있다는 생각이 떠오르자, 노상강도들을 쫓을 것을 제안했습니다.
영예를 바란 사냥꾼들이 출발하고 노신사와 그 딸들도 자리를 떴습니다.
그러나 그들이 향한 방향은 서로 달랐습니다.

사냥개들이 일렬로 달려갑니다. 찌든 럼주와 담배 냄새 덕에
사냥개들은 악당 무리를 찾아낼 수 있었습니다. 땅속에 숨으려다
실패한 악당들은 두들겨 맞은 뒤 전리품마저 포기했습니다.

행복한 세 사냥꾼은 손등에 숙녀의 키스를 받고
감사 인사를 들을 생각에 전속력으로 돌아왔습니다.

그러나 잭과 그의 동료들은 코담배갑, 시계, 작은 꽃다발 모양의 반지 세 개와
2파운드 9실링 7¼펜스를 되찾아갈 사람이 사라진 것을 발견했습니다.
또 그제야 오래전부터 이 시골 마을의 불가사의로 유명한
참나무의 기이한 표정을 처음으로 보게 되었습니다.

The Strange Adventures Of A Dog-Cart

1885년 6월 여름 특집

이륜마차의 기묘한 모험

D가 F에게 계획했던 대로 짧은 마차 여행을 떠나자고 제안합니다.
F의 어머니는 깡통에 든 소독약과 조미료 등을 챙겨줍니다.
F에게는 테니스 라켓과 새로 장만한 권총도 있습니다.
그러나 마차 안이 좁아 모자 상자와 욕조는 실을 수 없었습니다.

둘은 기분 좋게 길을 떠났습니다.
청명한 아침에 절박한 걱정도 없습니다.

상당히 먼 거리까지 마차를 몰고 간 터라 잠시 쉴까 생각하던 차에
갑자기 말이 거꾸러지며 날뛰고, 뒷걸음질 쳤습니다.

나이 지긋한 도로 보수원과 농장 일꾼 몇 명에게 도움을 청했습니다.
D는 말벌이 말의 귀를 쏘았다고 생각합니다. F는 매우 침착한 태도로
"계속 꽉 붙잡고 있게. 가까운 집에서 진통제를 얻어 오겠네"라고 말합니다.

두 사람이 세탁 담당 하녀가 쓰던 진통제를 말에게 발라주는 사이에,
정정한 노신사가 나와 자기 마구간에서 말을 진정시킬 것을 권했습니다.
그리고 함께 집으로 가서 마침 준비된 점심을 들자고 청했습니다.

주인은 식사를 마치고 담배를 피우며 F가 오랜 친구의
아들이라는 사실을 알게 됩니다. 대화가 길어집니다.

마침내 두 친구가 일어섰을 때는 너무 늦은 시각이었습니다.

그들은 여행길에 달빛이 내리는 풍경을 바라봅니다.

늦은 시각과 밤의 아름다움이 D의 가슴에 신뢰를 심어주어
F에게 마차를 맡기고 잠시 졸았습니다.
F 역시 졸다가 채찍은 물론이고 길까지 잃어버립니다.

자러 가며 F는 D에게 길을 잃은 것을 사과합니다.

다음 날 아침, 노신사는 둘에게 채찍을 빌려주며 길과 방향을
완벽히 알려줍니다. 그들은 기쁜 마음으로 길을 떠나,
다채로운 풍경 — 공유지와 비옥한 목초지가 교차하는 — 을 지납니다.
그리고 그들의 아름다운 고장과 마을, 길의 풍경을
절반도 알지 못한다는 생각에 빠집니다.

· 플리플리 · 플레플리 · 플로플리 · 플래플리[1]

표지판 앞에서 두 사람은 노신사가 일러준 방향을 각기 다르게 해석합니다.

냉랭한 분위기가 감돕니다. 그들의 마차에는 뒷좌석이 없는데도
F는 굳이 비집고 앉아 권총을 요리조리 만지며 흥겨워합니다.

얼마 지나지 않아 갑자기 권총이 발사되었습니다.
깜짝 놀란 말이 도랑에 마차를 처박고 말았습니다.
여행자들은 내팽개쳐졌고, 짐도 사방으로 흩어졌습니다.

F가 혼잣말로 중얼댑니다. "말이 다쳤나봐. 움직이지 않네."
D도 혼잣말을 합니다. "저 가련한 바보는 말도 못하잖아. 다치진 않았나."

F는 다시 사과를 건네고 적극적으로 다음 마을을 찾습니다.

마차의 끌채가 부러졌습니다. 날뛰던 말을 붙들어준 시골 사람이
맥주가 있는 곳에 도착할 때까지 계속 도와줍니다.

그들은 마구간이 딸린 작은 여인숙을 발견합니다. 마구간에는 배에 실려
인도로 가길 기다리는 폭스하운드 사냥개들이 갇혀 있었습니다.

· 발리콘 사의 고급 에일 맥주

마침 마구간에 말을 묶어둘 자리가 남아 여인숙에서 하룻밤 묵기로 합니다.
그동안 끌채를 고쳐(즉, 부목을 대어) 그들은 평온을 되찾았습니다.
그날 저녁 내내, 여인숙 주인(전직 사냥꾼)은
여우 사냥 이야기로 두 사람을 즐겁게 해주었습니다.

이야기가 너무나 즐거웠던 F는 다음날 아침 동틀 무렵 D 몰래
주인(여전히 사냥 팀에 속한)과 '새끼 여우 사냥'을 나가기로 했습니다.
그는 전직 사냥꾼이 "세상에서 최고"라고 평한 D의 말을 탔습니다.

말을 절름발이로 만든 탓에 F는 방으로 돌아가는 길에 창문 앞을 지나려다
켕기는 기분을 느낍니다. 창문 앞에서는 아침 식사를 마친 D가 어떤 희극이
벌어졌는지 전혀 눈치채지 못한 채 흥겨운 노래에 취해 있습니다.

F가 다시 한 번 사과했지만 놀랍게도 받아들여지지 않았고,
친밀했던 두 사람의 관계는 껄끄러워졌습니다.

가장 가까운 역은 약 9마일 떨어져 있고,
마을에는 빌릴 만한 마차나 자동차가 없다고 합니다.

· 계획했던 6일간의 여행 코스
· 빨간 선은 실제 여행한 거리

D는 집으로 돌아가는 중입니다. 한쪽이 부러진 끌채와 양쪽 모두 깨진 등,
절뚝이는 말, 채찍은 잃어버렸고 자신은 독한 코감기까지 걸렸습니다.
그는 이따금 "그 지독한 멍청이에게 다시 여행을 가자고 하려면
한참 걸릴 거야"라고 중얼거리면서 스스로 마음을 달랩니다.

The Curmudgeons' Christmas

1885년 12월 크리스마스 특집

괴짜들의 크리스마스

한 명은 약간 젊어 보이고 나머지 둘은 그보다 조금 더 나이 들어 보이는
괴짜 셋이 가족들의 축제를 피해 크리스마스이브에 여행을 하고 있습니다.
셋은 서로 모르는 사이인데, 어쩌다 보니 같은 여인숙에 묵게 되었습니다.
한 명은 말이 발을 다치는 바람에, 나머지 두 사람은 마차 사고 때문이었지요.

여인숙 주인은 편안히 모실 것을 호언장담합니다. 그러나 여행자들은
한 식탁에서 함께 식사를 해야 한다는 사실을 알고 기분이 언짢아졌습니다.
각자 자기 포도주를 챙겨 갔는데, 세 사람 모두 같이 식사하는
예닐곱 살 난 꼬마 숙녀에 대해 궁금해합니다.

귀여운 생김새에 태도마저 매력적인 소녀입니다. 저녁 식사 후에는
달콤한 말로 세 괴짜들을 구슬려 '자리 뺏기'를 합니다.
소녀는 머릿수를 채우려 여인숙 주인의 딸을 놀이에 끌어들였습니다.

크리스마스 날 정오 무렵, 로지 씨와 세 딸이 더 먼 시골의 별장으로 향하다가 여인숙을 찾았습니다. 녹초가 된 말들과 교대할 말이 없었기 때문이지요.

그들은 여인숙에 머물며 주인과 같이 식사하기로 합니다. 훌륭한 식사가
차려졌고, 괴짜들의 굳은 얼굴도 칠면조와 갈비에 다소 누그러집니다.
건포도 든 푸딩이 나오는 동안, 자매 중 맏언니가 가장 젊은 괴짜—이름은
와일드보이입니다—의 표정을 다소 누그러뜨렸으나 그나마도 인색합니다.

후식 순서가 되자 로지 일가와 친분 있는 신사 셋이 도착했습니다.
근처에 사는 지주가 로지 일가를 찾아 보낸 사람들이었습니다.

로지 씨는 "넘칠 만큼 잔을 가득 채워 달라"고 주인에게 청합니다.
온갖 구실로 건배를 하며 잔이 비워졌습니다.
그러나 와일드보이 씨는 왠지 즐겁지 않아 보였습니다.

그때 마침 부엌을 치우라는 지시가 내려졌습니다.
꼬마 숙녀의 요청으로 '쟁반을 돌려라'[2]가 시작되었고,

와일드보이 씨는 겨우살이 덤불 아래[3]에서 벌칙을 받아야 했습니다.

다음으로는 '컨트리댄스'⁴를 즐깁니다. 신사 몇 명은 대단히 쾌활한
주인에게 빌린 신발을 신고 나타납니다. 한 명은 불행하게도 '쟁반을 돌려라'에
너무 열중한 나머지 바지가 찢어져 긴 나무의자 뒤에 내내 서 있어야 했습니다.

그 후에는 '장님놀이'를 했는데,
특히 젊은 손님들이 즐거워했습니다.

겨우살이 덤불 아래 광경으로 이날 저녁을 마무리합니다.

다음 날, 젊은 신사 셋은 농장에서 기르는 말을 타겠다고 고집 부리고는
각기 아가씨들을 태우고 목적지를 향해 눈을 헤치며 달려갑니다.

일행은 꽁꽁 얼어붙은 개울에서 사소한 곤경에 빠졌습니다.

한편 괴짜들은 아기 때 여인숙 앞에 고전적인 방식으로 버려진
꼬마 숙녀가 오래전 잃어버렸던 손녀임을 알고는
서로 데려가겠다며 말다툼을 벌입니다.

결국 한 명이 꼬마 숙녀를 말에 태우고 달아납니다. 어쩐지 무시당한
기분이 든 둘은 작별 전 버터밀크와 포트와인으로 기운을 차립니다.

다소 유감스러운 일이었지만 두 사람 다 전보다 더 행복했고,
여생 동안 친구들과 더 다정하게 지냈다고 합니다.

American Facts And Fancies

1886년 2월 – 6월

미국의 사실과 상상 1

떠나는 길 — "이렇게 큰 증기선은 절대 흔들리지 않습니다."

위와 다음 페이지에 실린 두 그림에는 각각 부연 설명이 있습니다. 바다 여행을 해본 사람이라면 누구나 아무리 큰 증기선이라도 사방으로 요동칠 수 있다는 사실을 알고 있으며, 선실 내의 고정되지 않은 물건들이 죄다 굴러다니는 장면을 생생히 떠올릴 수 있을 것입니다.

떠나는 길 — 거친 밤바다가 특실에 걸린 옷들에 미친 영향

뉴욕에서: 하선 준비 ― 유럽 여행에서 돌아온 미국 젊은이들

위 스케치는 매우 어리고 조그마한 미국 시민을 그린 것입니다. 유치원을 졸업한 지 얼마 안 된 듯한 외모인데도 보모도 없이 혼자 씩씩하게 유럽 순회 여행Grand Tour[1]을 다니고 있습니다.

워싱턴에서 — 국회의사당의 로턴다를 구경하는 시골 사람들

수도 워싱턴의 국회의사당은 제가 방문한 기간에는 다소 따분했습니다. 정치인도, 로비스트도 없고, 겨우 촌부 몇몇만 회의장을 둘러보거나 로턴다Rotunda[2]에서 역사적으로 중요한 사건을 다룬 그림들을 구경하고 있었습니다.

이 위대한 그림 중 몇 점은 여러 영국 장군의 항복을 묘사하고 있었습니다. 포카혼타스가 세례를 받는 그림도 있고, 미국의 독립 선언을 다룬 작품도 있습니다. 위의 스케치 속 그림은 세밀한 인물 묘사가 흥미롭습니다. 이런 류에서는 매우 훌륭한 작품인데 존 랜돌프John Randolph는 의회 토론에서 이 그림을 '정강이 그림'이라 불렀습니다.[3] 그림 속 인물들의 다리가 다채롭게 표현되었기 때문입니다.

미국의 사실과 상상 2

· 다리를 그림처럼 유지하시오.⁴

워싱턴의 두 정치인

제가 도착했던 때는 국회 개회 기간이 아니어서 정치가들이 오가는 모습은 거의 보이지 않았습니다. 그러나 이 작은 탐험으로 인한 피로는 담배를 피우는 정치가와 곧 시작될 선거를 준비하는 정치인을 발견하며 보상받았습니다.

필라델피아에서는 광고 간판과 여러 종류의 광고들이 길거리에 어지럽게 널려 있는 모습에 충격을 받았고, 거미줄처럼 얽힌 전선과 주요 도로마다 숲을 이룬 전봇대에 당혹스러웠습니다.

전차 안의 미국인, 필라델피아

안락해 보이는 붉은 집들이 늘어선 매우 깨끗한 거리도 몇 곳 있었습니다. 이런 집들의 문은 흰색, 베네치아식 창문은 흰색 아니면 잿빛 도는 초록색이었으며, 계단 역시 잘 관리되고 있었습니다. 그러나 전차(그중 한 대를 타고 가다 어느 미국인을 스케치했습니다)와 말이 지나다니는 길이 정돈된 대로뿐 아니라 상점가까지 뻗어 있어, 다니기 불편할 뿐더러 잘 어울리지 않는다는 인상을 자아냅니다.

펜실베이니아 애비뉴, 워싱턴.

흔히 '격조 높은 거리의 도시City of Magnificent Distances'[5]라 불리는 워싱턴은 관공서 건물들이 시선을 끌며 깨끗한 대로를 자랑하는 멋진 도시입니다. 좀 더 넓은 거리는 '애비뉴Avenue' 라 불립니다. 물론 한쪽은 국회의사당, 반대쪽은 백악관으로 이어지는 펜실베이니아 애비뉴의 풍경은 미국인이 자랑스러워하는 장관입니다. 하지만 좀 더 자세히 살펴보면 건물들 대부분이 초라합니다.

· 매너베이크 알약
· 셔커와 함께 '점핑 파트너'가 되십시오

미국의 여우 사냥 — 상상

뉴욕과 워싱턴을 오가는 기차 안에서 보이는 풍경 가운데 가장 두드러진 점을 꼽자면, 선로에서 다소 떨어진 들판에 세운 검정 광고판 또는 검은색 나무 헛간이나 공장에 흰 글씨로 쓴 대형 광고일 것입니다. 심지어 일부 영리적인 기업들은 바위에도 그런 광고를 한다는 이야기까지 들었습니다. 동부의 여러 주에서 여우 사냥을 즐긴다는 소리를 들은 뒤에는 사냥 장면을 직접 보고 싶은 마음을 떨쳐버릴 수 없었습니다. 위의 그림은 상상 속 풍경을 스케치한 것입니다.

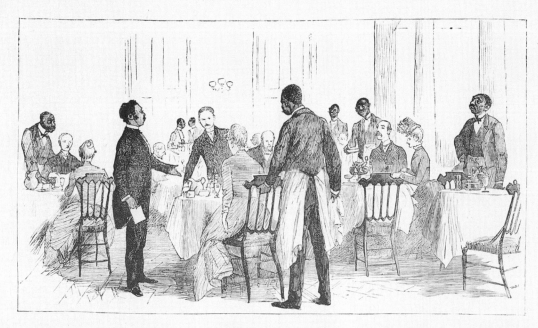

워싱턴의 한 호텔 풍경

워싱턴의 호텔에 도착한 저는 흑인들의 다양하고도 긍정적인 역할을 처음으로 목격했습니다. 옷 위에 다시 겉옷을 걸치고 활짝 웃는 흑인 짐꾼 여러 명이 호텔 전용 합승마차에서 내린 사람들을 맞았습니다. 홀에서는 검은색 재킷을 입고 좀 더 피부색이 밝은 흑인들이 손님들을 프런트로 안내하고 있었지요.

이들보다 살짝 더 긴 외투를 입고 피부색도 훨씬 옅은 신사들이 우리를 사무실의 백인 직원에게 데려다주었습니다. 하얗고 밝은, 큰 식당 혹은 커피숍에는 흰 식탁보를 덮은 테이블이 가득했고 웨이터들은 모두 흑인이었습니다. 중간 톤의 살빛에 머리카락과 구레나룻, 콧수염을 정성 들여 치장한 수석 웨이터는 여유롭고 세심한 손짓으로 손님들을 자리로 안내했습니다.

Paul And Virginia;

Or, The Very Last of The Smugglers

1886년 6월 여름 특집

폴과 버지니아

또는 밀수꾼의 최후

폴 스미스 수펠리 씨는 영국 정부의 어느 관청에서 서기로 일하고 있었습니다. 그의 근로 시간과 봉급은 고정되어 있는데, 성격에 따라서는 대단히 기분 좋은 직업으로 비칠 수도 있을 것입니다. 그는 시계의 종이 정확히 열 번 칠 때 사무실 벽의 못에 모자를 걸고, 정확히 네 번 칠 때 모자를 다시 씁니다. 일정하게 지급되는 봉급은 많지 않았지만 해마다 10파운드씩 올랐습니다.

대개 이런 환경을 가진 신중한 사람이라면 자기 앞에 놓인 가능성을 이용해 과감히 쉰 살에 아내를 맞고 나아가 가정에 충실하겠다고 다짐했을 것입니다. 그러나 폴은 신중하거나 선견지명을 지닌 인물이 아니었습니다. 그의 영혼은 단조롭고 천편일률적인 자신의 직장을 혐오했고, 변화와 모험이 따르는 직업을 갈망했습니다.

　　폴이 어떻게 변하면 좋을까요? 아마추어 화가인 그는 붓질이 꽤 능숙했고, 전업 화가가 되려 했습니다. 품위와 수입 둘 다 얻을 수 있는 직업이라고 속으로 생각했던 것입니다. 그래서 빨간 테이프Red Tape와 초록 봉랍Green Sealing Wax[1] 사무실의 아늑한 둥지에서 물러나 오로지 미술에만 전념했습니다.

　　그러나 쓰라린 실망이 폴을 기다리고 있었습니다. 매달 아무리 열심히 그려도 예술은 돈을 벌어주지 못했고 상류 사회로 편입시켜주지도 않았습니다. 그는 정부 관리였을 때만큼이나 애매한 처지였으며, 엎친 데 덮친 격으로 모아둔 돈도 급속히 줄어들었습니다. 침울한 생각에 잠긴 폴은 분위기와 환경을 바꿔보기로 결심했습니다. 그래서 그는 언젠가 다른 화가에게 들었던 바닷가의 싸구려 여인숙을 찾았습니다. 드디어 목적지에 도착했을 때에는 맥이 빠진 나머지 도무지 스케치할 기분이 아니었습니다.

그러나 폴은 곧 항구 초입의 반대편 반도에 외롭게 서 있는 낡은 집을 염탐하기 시작했습니다. 자신의 울적한 감정과 조화로운 이 집의 쇠락하고 황폐한 외관에는 형언할 수 없는 무엇인가가 있었습니다. 연민이 자신을 집 쪽으로 끌어당기는 느낌에 폴은 그 집을 그리기로 결심했습니다.

해안 경비대 가운데 몇 명이 폴을 나룻배에 태우고 항구를 가로지르는 동안 그에게 옛 밀수 현장이었던 호젓한 낡은 집에 대해 신비로운 이야기를 들려주었습니다. 이 이야기들은 폴의 호기심을 자극했고, 이따금 낡은 집 문 앞에서 어여쁜 아가씨가 자질구레한 집안일을 하거나 젖소를 돌보느라 바쁜 모습을 언뜻언뜻 보일 때마다 더 강렬한 관심을 불러일으켰습니다.

　　아가씨의 아름다운 자태에 용기를 얻은 폴은 여관의 배를 빌려 쓸쓸한 낡은 집을
스케치했습니다. 이 작업들을 혼자 할 수 있었다면 훨씬 편했을 것입니다. 그러나 불행히
도 다른 화가들(천박하고 태도가 거친 작자들)이 소문을 듣고 끈질기게 따라다니며, 폴의
옆에서 그림을 그렸습니다.

심지어는 요트를 타는 사람들과 부두에 모여 있는 사람들을 설득해 망원경이나 쌍안경으로 그 집을 계속 감시하게 만들기도 했습니다 그러나 여름이 점차 짧아지면서 골칫거리 화가 무리들도 다른 곳으로 옮겨갔습니다. 폴은 여전히 그곳에 머무르며 한적한 낡은 집 주변에 자주 나타났습니다. 얼마 뒤, 그는 그간의 노력을 보상받았습니다.

어여쁜 아가씨는 처음에는 매우 수줍어했습니다. 다가오는 폴을 발견하면 아가씨는 집 안으로 들어가, 몇 시간이고 나타나지 않았습니다. 그러나 어느 가을날, 폴은 그녀가 바느질감을 손에 들고 항구가 내려다보이는 언덕의 풀밭에 조신히 앉아 있는 광경을 보게 되었습니다. 그는 아무 말 없이 그녀를 등지고 1.5야드가량 떨어진 다른 쪽 풀밭에 자리를 잡았습니다.

때마침 찾아든 기회에 아가씨는 황급히 떠나는 대신 자기 영역을 지키고 서—아니, 앉아—있었습니다. 폴은 열심히 스케치를 했지만, 사실 그의 감각은 뒤쪽의 여인에게 집중되었습니다. 그리고 그녀가 무슨 생각을 하는지 궁금했습니다. 어쨌든 그녀는 폴만큼 초조해하지 않았습니다. 그와는 반대로 차분하고 맵시 있게, 조심스럽게 바느질을 했습니다.

　　오랫동안 이어진 침묵이 화가에게 더 이상 참을 수 없는 지경에 이르렀습니다. 같은 자리에 두 시간은 앉아 있었던 것 같았지요(실제로는 10분밖에 지나지 않았습니다). 그는 말을 걸든지 (어디까지나 비유적으로) 죽든지 해야겠다고 생각했습니다. 어떡할지 골똘히 생각에 잠겨 있을 때 친절한 운명의 여신이 도움의 손길을 내밀었습니다. 훈훈한 산들바람이 훅 불어와 상쾌함을 전하는 동시에 테두리를 감치던 손수건을 짓궂게 휙 낚아채 아가씨의 어깨 너머로 날려 보냈습니다. 손수건은 폴의 발치에 떨어졌습니다.

　폴은 즉시 손수건을 집어 그녀에게 돌려주었습니다. 당연히 그녀는 홍조를 띤 얼굴과 부드러운 눈빛으로 고맙다고 인사했습니다. 물론 두 사람의 대화는 더할 나위 없이 편안해졌습니다. 그와 함께한 처음 10분이 두 시간처럼 느껴졌다면 이번에는 두 시간이 10분처럼 느껴졌습니다.

　그 소중한 잠깐 동안 두 사람은 서로에 대해 매우 많이 알게 되었습니다. 폴은 별채 주변에서 빈둥대던 험상궂은 남자가 그녀의 아버지라는 사실과 그녀의 세례명이 버지니아라는 것도 알게 되었습니다.

　사랑스러운 동시에 무언가 연상시키는 이름이었지만, 낡은 사고방식을 가진 작가들의 입버릇처럼 우리는 지레짐작하지 맙시다. 하루 이틀 뒤, 험상궂은 사내가 별채 주변을 어슬렁거리며 산책하는가 싶더니 폴로서는 기쁘게도 그를 향해 들어오라고 손짓했습니다. 젊은 화가에게 사내가 보여준 환대는 험상궂은 외모와는 전혀 다른 것이었습니다. 사실 손님을 초대한 집주인으로서 남자는 전혀 거칠지 않았지요.

　그들은 같이 여러 날 저녁을 즐겁게 보냈습니다. 더욱 허물없는 사이가 되자 험상궂은 남자는 자기가 한때는 잘살았으며—지금은 몰락했지만—귀족 가문 출신이라고 털어놓았습니다. 친절하고 손님 대접에 극진해서 그가 내온 럼주, 위스키, 담배는 모두 특상품이었지요. 무엇보다 사내는 조용히 방을 나가 연인끼리 시간을 보내도록 배려하는 매우 바람직한 습관도 가지고 있었습니다. 이 무렵 두 사람은 이미 연인 사이였습니다.

그러나 폴로서는 도무지 영문을 알 수 없는 상황이 한두 번이 아니었습니다.
해안 경비대들은 왜 그렇게 자주 망원경으로 그 한적한 집을 감시했을까요?

어느 날 밤에는 단검까지 들고 몰래 집에 숨어들어
험상궂은 사내가 의자에서 잠든 것을 보고 열심히 그 일대를 수색했을까요?

　사내는 왜 경비대원들과 대화하며 간청과 항의를 번복했을까요? 그러나 더 흥미로운 사색거리 앞에서 이 모든 의심들은 폴의 머릿속에서 지워졌습니다. 버지니아에게 경사스러운 날을 정해달라고 조심스레 요청하자 그녀는 기쁨의 눈물로 젖은 귀여운 얼굴을 폴의 어깨에 묻고, "아빠에게 물어보세요!"라며 귓가에 속삭였습니다.

그녀의 부친에게 날을 물으며 폴은 사내가 매우 자애롭다는 사실을 깨달았습니다. "빠를수록 좋지, 이 사람아"라는 답이 돌아왔기 때문이지요. 그러더니 "내 오랜 친구 해안 경비대가 그날 의장대가 되어줄 걸세"라고 덧붙였습니다.

해안 경비대원들은 정말 의장대가 되어주었습니다. 모든 것이 아주 완벽하게 흘러갔습니다. 마차를 타고 해변을 따라 집으로 돌아가며 신부와 신랑은 앞자리에, 파이프 담배를 피우는 장인은 뒷자리에 앉았습니다. 매우 쾌활한 뱃사람들이 경호원처럼 말을 타고 수행하는 풍경이 마치 왕실 행렬처럼 보였습니다.

그러나 결혼식을 치르고 며칠 뒤, 폴은 이상한 광경을 목격했습니다. 존경하는 장
인어른께서 나이나 체구로는 전혀 상상할 수 없을 만큼 민첩하게 들판을 가로질렀고, 그 뒤
를 예전의 협력자들, 즉 해안 경비대원 여러 명이 맹렬히 뒤쫓아가고 있었습니다.

경비대원들이 신은 부츠 때문에 지체된 덕에 폴의 장인은
배를 끌어내 멀리까지 노를 저을 만큼 충분한 시간을 벌 수 있었습니다.

대포를 쏘고 어선들을 띄웠지만 장인은 잡히지 않았습니다.

"그 사람들이 왜 장인어른을 쫓는 겁니까?" 폴이 물었습니다. "아버지가 밀수꾼이기 때문이에요." 신부가 울먹이는 말씨로 대답했습니다. "내 이름이 버지니아인 것도 배가 암초에 걸려 손해 본 담배 때문이랍니다."

이렇게 폴과 버지니아의 이야기는 갑자기 끝났습니다.

부록 1

Notes At Agricultural Show At Liverpool
1877년 7월

Notes At Shaksperian Show
1884년 6월

An English Agricultural Station
1886년 6월

리버풀 왕립 농업 품평회 참관 기록[1]

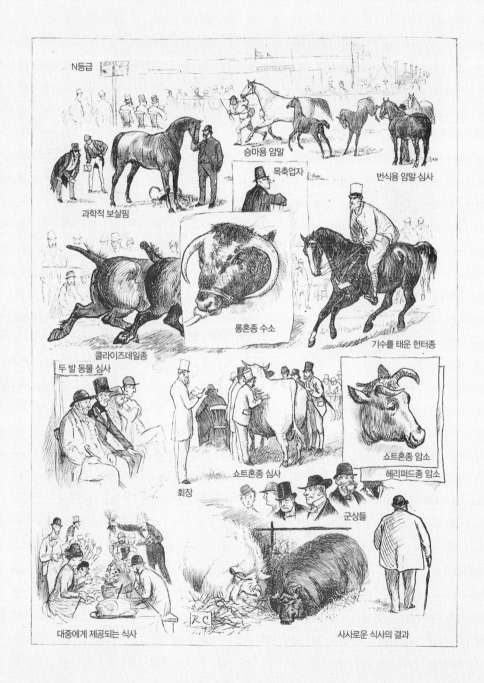

로열 앨버트 홀의 셰익스피어 공연 기록

· 아든 · 가터 여인숙 · 마녀의 가마솥
· "그만한 자비쯤은 베푸는 게 좋지"[2]

영국의 농업 시험장

시골 기차역의 골칫거리가 된 거름

현대적인 수송 시설 덕에 농장과 정원에 쓰이는 거름을 예전보다 훨씬 더 멀리서 운반해옵니다. 시골 역이 때때로 매우 유용하지만 악취나는 퇴비의 '저축 은행'으로 변하는 이유입니다. 저는 우연히 신선한 거름을 실은 기차가 막 도착했을 때 플랫폼에 서 있던 적이 있습니다. 너무나 지독한 냄새에 본능적으로 코를 틀어막았지요. 위의 스케치는 바로 저의 개인적 경험의 결과입니다.

Cover To THE GRAPHIC Summer Number In 1878
1878년 6월 여름 특집

Cover To THE GRAPHIC Christmas Number In 1878
1878년 12월 크리스마스 특집

Cover To THE GRAPHIC Christmas Number In 1880
1880년 12월 크리스마스 특집

1878년 6월 여름 특집 표지

1878년 12월 크리스마스 특집 표지

머리말

1. 플로리다Florida라는 이름은 1513년 스페인의 탐험가이자 푸에르토리코 초대 총독이었던 후안 폰세 데 레온Juan Ponce de León이 처음 플로리다를 발견했을 때 꽃이 만발해 있어서 스페인어로 'La Florida', 즉 꽃이 만발한 땅이라 부른 데에서 기원한다.

2. 노바스코샤Nova Scotia는 캐나다의 남동쪽 끝의 주州이다. 남동해안 앞바다는 뉴펀들랜드 앞바다로 이어지는 세계적인 어장으로, 겨울에 눈이 많이 내린다.

3. 『오래된 크리스마스』의 작가 워싱턴 어빙을 가리키는 듯하다. 칼데콧이 삽화를 그렸던 작가 중에서 미국 작가는 어빙뿐이다.

4. 헌시를 쓴 'H. E. D.'가 누구인지에 대해서는 알려진 바 없다. 칼데콧의 평전 중 정본이라 할 수 있는 책들에도 이에 대한 언급이 없는 것을 보면 그야말로 익명일 가능성이 높다. 다만 영국 화가 혹은 작가로 추정되며, 아서 로커나 다른 화가, 작가들이 짐작할 수 있었던 인물일 것으로 보인다.

5. 인용에서 생략된 시의 뒷부분은 다음과 같다.
　"어떻게 그럴 수 있었는지는 모르지만 기쁨을 주는 그림들을 당신보다 더 애틋하게 그린 화가는 없습니다.
　세세한 묘사는 모두 자리 잡혀 있고, 빠진 것은 없습니다.
　당신의 그림은 옛 시절을 너무나 잘 보여줍니다.
　당신을 모르는 누구라도 떠올릴 수 있는 그 시절을,
　당신이 오래 전에 살았지만 오늘날에는 멀어진 그 옛 시절을.
　당신의 작업이 완성되기도 전에 우리는 당신을 잃었지만,
　랜돌프, 이제 당신은 영면에 들었지만,
　우리는 당신을 잊지 못할 것입니다.
　그러나 때때로 우리가 가장 사랑한 그림을 유심히 살펴보며,
　당신의 손이 그곳에 남아 있다고 상상하고,
　당신이 떠나지 않았음을 꿈꿉니다."

6. 칼데콧이 에드먼드 에번스의 제안으로 1878년부터 해마다 두 권씩 출간했던 그림책 열여섯 권을 가리킨다. 우리나라에서는 열여섯 권 모두를 한 권으로 엮어 『칼데콧 컬렉션』(아일랜드, 2014)이라는 제목으로 출간했다.

7. 아서 로커Arthur Locker, 1828-1893는 「그래픽」의 편집자이기도 했지만, 빅토르 위고의 소설을 영국에 소개한 번역가이기도 했다.

크리스마스 손님들

1. '양치기 소녀의 노래La Pastourlle'는 프랑스 춤곡의 일종인 카드리유Quadrille의 순서 중 일부이다. 카드리유는 네 사람이 한 조가 되어 사방에서 서로 마주 보며 추는 춤인데, 나폴레옹 1세의 궁정에서 시작해 19세기 무렵에는 전 유럽에서 유행하였다.

2. 스콰이어Squire 또는 에스콰이어Eesquire란 단어는 중세 유럽, 특히 영국에서 처음에는 견습 기사를 의미하다가 이후 귀족은 아니나 영지를 가지고 있거나 서민원의 후보 및 투표 자격이 있는 젠트리 계층의 한 계급을 가리켰다. 나중에는 남성에 대한 경칭으로 사용되었다. 향사 등 다양하게 번역되는 단어이나 본문에서는 정황에 따라 지주나 유지 등으로 옮겼다.

모나코에서 보낸 편지

1. 편지의 수신인인 G는 동료 화가를 가리킨다고 추측할 수 있다. 헨리 블랙번이 쓴 칼데콧의 전기 『랜돌프 칼데콧: 그의 초기 미술 경력에 대한 개인적 회고록Randolph Caldecott: A Personal Memoir of His Early Art Career』에서 칼데콧이 개인적으로 주고받은 편지를 살펴보면 "풍경화

화가로서 스스로의 능력을 높이 평가하지 않았다"고 지적하며, 다음과 같은 구절을 인용하고 있다. "G가 그토록 친절하게 요구하는 그림들은 나의 취향이 아닙니다. 나는 오히려 그가 원한다고 생각되는 그림, 즉 전문적인 수채 풍경화는 그리지 않을 것입니다. 내가 그림을 그리는 취지는 남부의 아름다움을 묘사하는 것이 아니라, 여러 달 동안 명랑한 기색을 전혀 비치지 않았던 미친 사람이 미소를 짓게 만드는 것이라고 전해주기 바랍니다." G와 칼데콧은 칼데콧의 그림을 놓고 의견 차이가 있었던 듯한데, 이를 미루어 보면 동료 화가일 가능성이 높다.

2. 프랑스어로 '부대 집결지' 또는 '요새'라는 뜻이다. 캐나다 퀘백 주의 몬트리올 등 프랑스어권의 다른 지역에서도 같은 이름이 발견된다.

3. 호텔 드 파리Hôtel de Paris는 샤를 3세의 후원으로 프랑수아 블랑이 창립한 모나코의 대기업, 모나코 해수욕협회가 1864년에 건축한 호화 호텔이다. 모나코에서 처음으로 카지노를 개장한 호텔로 유명하다. 화려함과 고전미가 돋보이는 모나코의 상징 건물로서 〈아이언 맨 2〉〈007 골든 아이〉 등 여러 유명 영화의 배경이 되었다.

4. 프리크Prick란 카드 속임수 중 하나로 예리한 도구나 손톱으로 게임용 카드의 뒷면에 표시를 하는 행위나 또는 그와 같은 표시를 하는 사람을 일컫는다.

5. 모노그램이란 이름의 머리글자를 짜맞춰 도안화한 것을 말한다. 원래는 하나의 문자로 이루어진 문양을 가리켰으나, 이후 두 개 혹은 그 이상의 문자들을 조합한 문양이나 표지를 일컫게 되었다. 문자 이외의 형태를 결합하거나 다른 도안과 결합된 것도 있다. 보통 서명 대신 작품에 넣거나 편지지, 인장 등에 사용한다.

6. 요크 공작인 에드워드 오거스터스Edward Augustus, 1739-1767를 가리킨다. 조지 3세의 동생으로 둘의 어머니였던 아우구스타의 가장 총애하는 아들이었다. 그러나 성인이 된 후에는 단순하고 혼자 있길 좋아하는 성격으로 런던 사교계에서 유명해졌고, 주로 바보 같거나 어리석은 이로 묘사되곤 했다. 1767년 이탈리아의 제노바로 향하던 중 심하게 앓게 된 요크 공은 모나코에 머물다가 당시 모나코 공이던 오노레 3세의 궁에서 숨을 거두었다. 이후 그가 사망한 방을 '요크 룸'이라 부른다.

7. 룰렛 볼Roulette Ball은 38개(영국식은 37개)의 번호가 적힌 회전하는 원반 위에서 반대 방향으로 볼을 굴린 뒤 미끄러져 들어간 숫자에 돈을 건 사람이 이기는 게임이다. 한때 모나코 공국의 모든 경비가 몬테카를로 카지노의 룰렛 볼 수익으로 충당되었다고 한다.

8. 트랑테카랑트Trente et Quarante는 승점이 항상 30과 40 사이라는 것에서 유래한 이름이다. 또 다른 이름인 '루주 에 누아르Rouge et Noir'는 카드 게임 테이블의 태피스트리에 표시된 적과 흑의 색상에서 비롯되었다. 유럽 카지노에서 인기가 높은 프랑스 카드 게임의 한 종류다.

9. 1863년에 설립된 모나코 해수욕협회Société des Bains de Mer et du Cercle des Étrangers à Monaco는 그리말디 일가가 통치하는 모나코 공국이 주식의 약 70%를 소유하고 있다. 몬테카를로 카지노를 비롯한 다섯 개의 카지노와 호텔 드 파리 등 다섯 개의 호텔, 30개가 넘는 레스토랑과 나이트클럽, 상점, 헬스, 스파, 골프장 등을 갖춘 명망 있고 화려한 리조트 시설을 운영한다.

10. 영국의 여류 소설가 엘리너 프랜시스 포인터Eleanor Frances Poynter가 1871년에 펴낸 장편소설 『나의 작은 숙녀My Little Lady』를 가리킨다.

11. 프랑수아 블랑François Blanc, 1806-1877은 프랑스의 사업가이자 카지노 경영의 귀재로 불리던 인물이다. 1843년 독일 홈부르크에 카지노를 성공적으로 설립하여 '홈부르크의 마술사'라는 별명을 얻었다. 벼랑 끝에 서 있던 모나코의 왕 샤를 3세와 카롤린 태후는 국가의 사활을 걸고 블랑과의 계약을 체결한다. 50년이 넘는 기간을 보장받은 블랑은 유럽의 최상위 부자들을 끌어들이겠

다는 목표로 호화로운 카지노를 설립했고, 프랑스와 협
정을 체결해 니스와 몬테카를로 사이의 철도 노선도 확
충했다. 모나코 해수욕협회와 호텔 드 파리 역시 그의 작
품으로, 이후 블랑은 '몬테카를로의 마술사'라는 별명을
함께 얻었다.

12. 보나파르트 가문의 롤랑 보나파르트Roland Bonaparte,
1858-1924를 가리킨다. 그의 할아버지는 프랑스의 정치
가 뤼시앵 보나파르트로 나폴레옹 1세로 잘 알려진 나
폴레옹 보나파르트의 동생이었다. 롤랑은 성공한 사업
가이자 오늘날의 몬테카를로를 만든 프랑수아 블랑의
막내딸 마리 펠릭스 블랑과 결혼했는데, 블랑의 상속녀
로 알려져 있던 마리 펠릭스 쪽에서 롤랑에게 반하면서
추진된 결혼이었다. 이후 이들의 결혼 생활은 마리 펠릭
스의 재산 상속 문제로 행복하지 않았다. 본문에서 롤랑
이 장인에 대한 경의의 표시로 언제나 흰 모자를 쓰고 있
다고 한 것은 프랑수아 블랑의 성인 '블랑Blanc'이 프랑
스어로 흰색을 뜻하기 때문인 듯하다.

13. 코르시카 태생의 데보타 성녀Saint Devota, Sainte Dévote
는 로마 황제 디오클레티아누스와 막시미아누스의 종
교 박해를 받아 순교한 인물이다. 황제가 그녀의 시체를
불태울 것을 명했으나, 신자들은 시신을 싣고 아프리카
로 도피했다. 도중에 배가 난파되었지만 비둘기의 인도
를 받아 지금의 모나코 대성당이 있는 해안에 도달했다
고 한다. 이후 데보타 성녀는 모나코의 성인으로 추대되
었고, 이를 기념하기 위해 매년 1월 26일, 성당 앞 광장
에서 배 모형을 불태운다. 데보타 성녀의 축일은 그 다음
날인 1월 27일 모나코 대성당에서 열린다.

14. 영국의 탐험가, 제임스 쿡James Cook, 1728-1779 선장의
이야기를 가리키는 듯하다. 요크셔 주의 가난한 농가 출
신인 그는 해군에 입대 후 다양한 공을 세우며 대령까지
승진했다. 타히티를 시작으로 세 번에 걸쳐 태평양을 항
해하고, 호주 동부 해안, 하와이 제도 등을 발견하는 등

큰 업적을 세웠다. 자필로 세계 일주 항해 일지를 남겼으
며, 뉴펀들랜드와 뉴질랜드의 해도를 제작했다. 1779년
하와이에서 돌아오는 길에 원주민에게 목숨을 잃었다.
쿡의 탐험을 전후로 세계의 거의 모든 지역이 유럽인에
게 발견되었으며, 이후 대항해 시대는 막을 내리고, 식
민주의와 제국주의 시대가 본격적으로 전개되었다.

블리슨의 마지막 연주

1. 당대 인기 추리 소설가 토머스 윌킨슨 스파이트Thomas
Wilkinson Speight, 1830-1915의 원작「블리슨의 마지막 연
주: 크리스마스를 기다리는 이야기Blisson's Last Round: A
Story of Some Christmas Waits」를 칼데콧이 각색한 것으로
보인다.

첨리 씨의 휴가

1. 작중 화자인 리처드 첨리Richard Chumley는 칼데콧 자신
으로 보인다. 본문에서 "이 그림들은 사교적인 성격에
거친 들판에서 그림 그리는 데 지친 나, 리처드 첨리가
여러 마을과 온천 도시들에 머무는 동안에 그린 것들입
니다. 얼핏 보면 여러분을 감동시킬 만한 요소가 눈에 띄
지 않겠지만 넘기다 보면 이곳저곳에서 가벼운 감상에
젖어들며 마음이 부드럽게 흔들릴 것입니다"라고 적고
있다. 문맥상 리처드 첨리가 칼데콧 자신을 지칭하는 것
임을 알 수 있고, 머리글자 또한 R.C.로 칼데콧과 같다.
리처드 첨리는 이후「프랑스에서 벌어진 연애 소동」에
도 등장한다.

2. 스카버러Scarborough는 잉글랜드 동북부에 위치한 요크
셔 동부 항구 도시이다. 17세기에 광천이 발견되며 휴양

지로 개발됐다.

3. 온천물이 솟는 곳에 별도로 만들어놓은 개별실이다.

4. 해러게이트Harrogate는 요크셔 주 리즈 북쪽의 페나인 산맥 동쪽 기슭 고원에 위치하고 있는 영국 북부 최대의 내륙 휴양지이다. 유황천을 비롯해 탄산철과 황산철을 다량 함유한 샘물, 소금기 있는 식염천 등 88개의 광천이 솟는 것으로 유명하다. 17세기 이후 관광 휴양 도시로 개발됐다.

5. 세계에서 가장 오래된 클래식 경마인 세인트 레저 경마는 1776년부터 요크셔 주 남부에 위치한 동커스터 경마장에서 매년 9월 중순께에 개최된다. 2015년에는 9월 5일부터 14일까지 열린 세인트 레저 축제St. Leger Festival Week 기간 중 나흘간 개최되었다. 경마 외에도 음악, 훌륭한 음식, 다채로운 문화 행사가 어우러져 전 세계에서 관광객들이 찾아온다.

6. 스트레이The Stray는 해러게이트에서 유명한 공원으로 1778년 이후 정부로부터 보호받고 있는 지역이다. 빅토리아 시대에는 일대에 경마장이 있었다.

7. 이 대사의 출처는 셰익스피어의 희곡 「햄릿Hamlet」이다. 프랑스로 유학을 가는 아들 레어티스에게 아버지 폴로니어스가 충고하는 대사로, 원 대사는 다음과 같다.
   "옷은 주머니 사정이 허락하는 한 비싼 것을
   사 입어도 괜찮지만, 너무 화려해 보여서는 안 된다.
   사치스러워도, 야해서도 안 된다.
   옷은 흔히 그 사람의 인품을 드러내기 마련이니.
   그리고 프랑스의 상류계급 사람들이나 세련된 명사들은
   이런 방면에서는 안목이 탁월하다.
   돈은 빌리지도 말고 꿔주지도 마라,
   왜냐하면 빚은 종종 돈도 잃고 친구도 잃게 만든다.
   그리고 돈을 꾸게 되면 절약의 칼날이 무뎌진다."

프랑스에서 벌어진 연애 소동

1. 크루아제트 대로Boulevard de la Croisette는 프랑스 남부 휴양 도시 칸에 있는 유명한 거리로 '크루아제트 거리', '크루아제트 산책로'라고도 불린다. 약 2킬로미터에 이르는 대로로 항구의 오른쪽 해안을 따라 쭉 이어진다. 길게 뻗은 백사장과 거리 양쪽에 늘어선 종려나무 등 아름답고 이국적인 지중해 풍경을 즐길 수 있는 곳으로 명성이 높다. 1946년 이래 국제 영화제가 열리는 곳으로 유명하며, 2001년에는 문화적 가치를 인정받아 프랑스 정부로부터 프랑스 문화유산으로 지정되기도 했다.

2. 『걸리버 여행기Gulliver's Travels』의 작가로 유명한 조너선 스위프트Jonathan Swift, 1667-1745를 가리킨다. 아일랜드 더블린에서 영국인 부모 사이에서 태어난 스위프트는 작가이자 정치 평론가였으며, 성 패트릭 대성당의 주임 사제이기도 했다. 본문에서는 '주임 사제'라는 뜻의 'Dean'을 아일랜드식의 독특한 발음에 빗대 'Dane Swift'라 부르고 있는 것으로 보인다.

3. 아일랜드 출신의 소설가, 마리아 에지워스Maria Edgeworth, 1767-1849를 가리키는 듯하다. 교육가였던 아버지의 영향을 받아 교육 사상에 대한 관심이 높아 소설에도 이러한 내용이 반영되었으며, 아버지와 함께 교육론을 쓰기도 했다. 대표작으로 『래크렌트 성Castle Rackrent』, 『부재지주The absentee』 등이 있다.

4. 워털루 전투에서 나폴레옹 1세를 물리친 것으로 유명한 웰링턴 공작Arthur Wellesley Wellington, 1769-1852을 가리키는 것으로 보인다. 이 전투로 프랑스에는 부르봉 왕조가 다시 정권을 잡았다. 웰링턴 공은 1828년부터 30년까지 수상을 역임했으며, 재임 기간 중 가톨릭교도들을 해방하기도 했다.

5. 원어는 'Resting Place'로 쉼터, 휴식처, (영혼의) 안식처, 무덤 등을 뜻하는 말이다. 여기서는 룰렛 게임에서 0과

멈추어 서는 곳을 빗대었다. 본래의 룰렛 용어로는 '포켓Pocket' 또는 '홀Hole'이라고 한다.
6. 레이디Lady는 영국에서 보통 귀족의 아내, 딸, 또는 남성의 나이트Knight에 해당하는 작위를 받은 여성이나 나이트의 부인을 가리키는 칭호다.

트루빌 해변 스케치

1. 그리스 신화에 등장하는 바다의 요정으로, 네레이데스라고도 한다. 뱃사람들과 어부들의 수호신으로 아버지 네레우스와 함께 에게 해의 깊은 곳에서 살았다고 한다. 여기서는 해수욕을 즐기는 여성들을 가리킨다.
2. 토가Toga는 고대 로마에서 시민권을 가진 성인 남자가 만 14세부터 어깨에 걸쳐 입는 흰색의 기다랗고 헐렁한 겉옷이었다. 관직에 나가는 사람은 반드시 흰색 토가를 입어야 했다. 바느질이나 핀으로 고정시키지 않고 조심스럽게 걸쳐서 입었다.
3. 스위핑Sweeping은 본래 '쓸다', '청소하다'라는 뜻의 'Sweep'에 기원을 두고 있다. 바닥을 쓸어 청소할 만큼 긴 기장과 흔들려 움직이는 듯한 실루엣을 가리킨다.
4. 페르세우스와 안드로메다 모두 그리스 신화의 인물들이다. 페르세우스는 제우스의 아들이고 안드로메다는 에티오피아의 국왕 케페우스와 왕비 카시오페이아의 딸이다. 카시오페이아는 네레이스와 미모를 견주며 뽐내다 바다의 신 포세이돈의 노여움을 샀고, 포세이돈은 홍수를 일으키고 바다 괴물을 풀어 사람과 짐승을 죽였다. 왕은 공주를 괴물에게 제물로 바치라는 아문의 신탁에 따라 안드로메다를 해변의 바위에 묶었다. 메두사를 죽이고 돌아가던 페르세우스가 묶여 있는 안드로메다를 보고, 괴물을 죽여 구출하고 결혼했다.

브라이튼

1. 세 명의 영국 왕이 머물렀던 별궁으로 원래 조지 4세가 섭정공 시절 1787년 요양과 여가를 위해 사들인 농가였다. 그는 이후 이 건물을 돔을 올린 거대한 인도풍의 승마 학교로 개조했다가, 1822년에 저명한 건축가 존 내시John Nashi, 1752-1835에게 맡겨 이국적이고 환상적인 건물로 변신시켰다. 영국에서 가장 아름답고 이채로운 건물 중 하나로 브라이튼의 대표적인 관광 명소가 되었다.
2. 앞쪽 스케치에 나온 바다사자를 가리키는 듯하다. 옛 선원들이 바다사자나 듀공 등의 포유류를 인어로 착각했던 것에 빗대 익살스럽게 표현한 것으로 보인다.
3. 조지 4세의 별명이다. 왕세자 시절부터 낭비벽이 심하고 엄청난 액수의 빚을 질 만큼 품행이 나빴으나 정신이상자가 된 아버지 조지 3세의 섭정이 되어 영국을 다스렸다. 잘생긴 외모와 좋은 매너 때문에 이런 별명을 얻게 되었다.
4. 영국의 정치가이자 작가였던 벤저민 디즈레일리Benjamine Disraeli, 1804-1881를 가리킨다. 1837년 토리당 소속 하원의원이 되었고, 1867년에는 영국의 제2차 선거법 개정을 통해 농민과 노동자에게까지 선거권을 주는 데 성공했다. 1868년 총리가 된 이후 이집트에서 수에즈 운하의 주식을 사들이며 동방 항로를 확보했다.
5. 애인과 연인Lovers and Sweethearts 둘 다 사랑하는 사람을 지칭하는 단어로 비슷하게 사용되나, 엄밀하게는 그 의미가 다르다. "애인과 연인은 이성으로서 그리며 사랑하는 사람이다. 둘이 서로 사랑하고 있을 때만 사용된다. 이렇게 같은 의미로 사용하지만 이 말들은 구별된다. 애인은 사랑하는 두 사람을 동시에 가리키지 못한다. 그러나 연인은 두 사람을 동시에 가리킬 수 있다." 「서울신문」 2008년 8월 4일 자 〈우리말 여행〉 '애인과 연인' 참조
6. 데블스 다이크Devil's Dyke는 영국 남동부 서섹스 주의 구릉 지대인 사우스 다운스에 위치한 V자 모양의 계곡이

다. 브라이튼에서 북쪽으로 8킬로미터 떨어져 있고 브
라이튼과 호브의 경계를 나눈다. 골짜기 깊이가 1백 미
터에 달하며, 19세기 후반부터 이 일대의 관광 명소가
되었다. 이름에 대해서는 몇 가지 설이 전해진다. 한 가
지는 도시를 물에 잠기게 하려고 땅을 파고 있던 악마에
게 어떤 여인이 양초를 들고 와서는 아침이 오고 있다고
거짓말을 하자 악마가 파던 땅을 그대로 두고 도망갔다
는 것이다. 또 하나는 악마의 발자국이 남은 것이라는 전
설이다. 사방이 탁 트이고 바람이 많이 불어 오늘날에는
이곳에서 패러글라이딩, 행글라이더 등의 레포츠를 많
이 즐긴다.

7. 다이크 하우스는 데블스 다이크 인근에 있던 곳으로 방
문객들에게 간단한 다과 등을 제공하던 장소였다.

8. 영국 민족을 가리키는 것으로 보인다. 칼데콧의 재치 있
는 면을 잘 드러내주는 대목이기도 하다.

9. 랜도 마차는 지붕 덮개가 앞뒤로 나뉘어져 따로따로 펼
칠 수 있도록 만든 사륜마차이고, 빅토리아 마차는 한 필
또는 두 필의 말이 끄는 이인승 사륜마차이다.

경쟁자들

1. 원문은 "Au revoir"로, "안녕히"라는 뜻의 프랑스어이다.
익살스러운 그림에 재미를 더하기 위해 일부러 고상한
체하는 프랑스어를 사용한 듯하다.

베네치아 방문

1. 조지프 말로드 윌리엄 터너Joseph Mallord William Turner,
1775-1851는 영국의 화가로, 풍경화의 거장으로 손꼽히
는 인물이다. 고전적인 풍경화를 주로 그렸으며 〈전함

테메레르〉 〈수장〉 등의 대표작을 통해 낭만주의적인 경
향으로 바뀌었음을 보여주었고, 인상파 화가들에게 큰
영향을 미쳤다. 1819년 이탈리아로 건너가 색채에 밝기
와 빛을 더하기 시작했고, 이후 프랑스와 이탈리아를 여
행하며 많은 풍경화를 남겼다. 특히 베네치아의 풍경을
담은 작품들은 말년의 작업에서도 수작으로 손꼽힌다.

2. 모체니고Mocenigo 가문은 베네치아의 세도가로, 알비세
1세부터 4세까지 네 명의 총독Doge을 배출했다.

3. 베네치아의 세도가였던 그리마니Grimani 가문은 무역과
정치 분야에서 활동하였으며, 이후에는 오페라 하우스와
극장 등을 소유했다. 안토니오 그리마니, 마리노 그리마니,
피에트로 그리마니 등 세 명의 베네치아 총독을 배출했다.
우리에게도 유명한 카사노바는 자신의 생부가 그리마니
가문의 미켈레 그리마니라고 거짓 주장을 펼치기도 했다.

4. 본명은 야코포 로부스티Jacopo Robusti, 1519-1594이며,
'어린 염색공'이란 뜻의 틴토레토Tintoretto는 그가 천 염
색 장인Tintore의 아들이었던 데에서 붙여진 별명이다. 틴
토레토 스스로 이 별명을 이름처럼 써 본명보다 별명으로
더욱 유명해졌다. 스승인 티치아노, 베로네제와 함께 베네
치아파를 대표하는 화가이다. 미켈란젤로의 소묘와 티치
아노의 색채를 목표로 삼았으며, 인공적인 빛과 그림자, 과
장된 단축법을 써서 극적이고 순간적인 효과를 화면에 폭
발시킨 종교화를 주로 그렸다. 대표작으로 〈노예를 구출하
는 성 마르코〉, 〈천국〉, 〈최후의 만찬〉 등이 있다.

5. 비토레 카르파치오Vitorre Carpaccio, 1460-1527는 이탈리
아 초기 르네상스의 베네치아파 화가이다. 풍부하고 조
화로운 색채, 안정된 공간 감각으로 고전적인 화면을 구
성하였다. 대표작으로 〈성 우르슬라의 꿈〉 〈성 지롤라모
의 서재〉 〈기사의 귀환〉 〈2인의 유녀〉 등이 있다.

6. 산 마르코 광장에 서 있는 두 개의 기둥은 각각 콜론 디
산 마르코Colonne di San Marco와 콜론 디 산 테오도르
Colonne di San Todaro라고 불린다. 그림에서 보이는 것은

콜론 디 산 마르코이며 꼭대기에 베네치아의 수호성인인 성 마르코를 상징하는 날개 달린 사자 조각이 있다. 다른 기둥에는 베네치아에 유해가 있는 성 테오도르의 상이 있다.

7. 베네치아의 총독 관저였던 건물로 '도제의 궁전Doge's Palace' 또는 '두칼레 궁전Palazzo Ducale'이라고 불린다. 평의회, 원로원, 재판소, 무기고 등이 궁전 안에 있었고, 궁전과 이어져 있는 감옥은 도시의 범죄자 대부분을 수감했다고 한다. 오늘날 산 마르코 성당과 함께 베네치아 관광의 중심지로 손꼽히며 지금은 박물관으로 사용되고 있다. 베네치아파 화가들의 회화가 전시되어 있는데, 특히 캔버스 유화 중에서 가장 큰 작품인 틴토레토의 〈천국〉이 3층 대평의회의 방에 걸려 있다.

8. 각각 영국의 존 머레이 3세John Murray III, 1808–1892, 존 러스킨John Ruskin, 1819–1900를 가리킨다. 존 머레이 3세는 동명의 출판사를 3대째 운영하던 영국의 출판업자로 「여행자를 위한 핸드북」 시리즈를 펴냈다. 그중 『여행자를 위한 핸드북 북부 이탈리아편Handbook for Travellers in Northern Italy』도 있다. 여기서는 출판업자와 출판사 중 어느 쪽을 가리키는지 분명하지 않다. 한편 영국의 비평가인 존 러스킨은 1835년에 처음 베네치아를 방문한 이후 이 도시의 아름다움에 반해 산 마르코 성당 등 베네치아의 건축물들을 찬미하는 동시에 이를 바탕으로 건축의 원리들을 정리한 책, 『베네치아의 돌The Stones of Venice』을 펴냈다.

9. 총독 궁전과 운하 동쪽의 감옥을 잇는 현수교로, 1600년부터 1603년까지 건축가 안토니오 콘티노Antonio Contino, 1566-1600의 설계로 만들어졌다. 죄인이 감옥으로 끌려갈 때 이 다리의 창문을 통해 밖을 보면서 다시는 바깥 풍경을 보지 못할 것이라며 탄식했다고 한다.

10. 성당 이름의 뜻은 '구원의 성모 마리아'로 기원은 1630년경으로 거슬러 올라간다. 흑사병이 창궐하여 베네치아 인구의 3분의 1가량이 몰살당하자 베네치아 의회는 흑사병에서 베네치아를 구원해 준다면 성모 마리아에게 새 성당을 바치겠다고 맹세했다. 결국 흑사병이 물러나자 베네치아 사람들은 이 성당을 지어 바쳤다.

11. 산 조르지오 섬에 위치한 성당으로 유명 건축가 안드레아 팔라디오Andrea Palladio, 1508-1580가 설계한 건물이다. 이곳에서 틴토레토의 대표작 중 하나인 〈최후의 만찬〉을 감상할 수 있다.

12. '노예들의 부두'라는 이름은 크로아티아 남서부 달마티아 지역 출신의 노예들에게서 유래한 것이다. 노예들은 이 부두에서 거래되곤 했다.

13. 16세기 말 건축가 안토니오 다 폰테Antonio da Ponte, 1512-1595와 조카 안토니오 콘티노가 대운하를 가로지르며 세운 다리로 오늘날 베네치아를 대표하는 다리가 되었다. 1853년 아카데미아 다리가 세워지기 전까지는 대운하를 건널 수 있는 유일한 다리였다. 계단식의 다리 위에는 화려하게 장식된 아케이드 점포들이 들어서 귀금속과 가죽 제품 등을 팔고 있다.

14. B 씨Mr. B에 대해 정확히 알려진 바는 없다. 다만 존 러스킨의 제자였던 화가, 존 휠튼 버니John Wharlton Bunney, 1828-1882일 것으로 추정된다. 제자가 되며 러스킨과 인연을 맺은 버니는 출판사 등에서 일하다가 1859년 러스킨에게 이탈리아와 스위스에 대한 그림들을 의뢰받으며 일을 그만두고 예술로 생계를 꾸려가기 시작했다. 1870년부터는 베네치아에 살면서 그림을 그리게 되는데, 1876년에는 러스킨에게 산 마르코 성당 서쪽면 전경 그림을 부탁받았고 6년에 걸쳐 완성한다. 이 그림은 현재 셰필드의 밀레니엄 갤러리 안에 있는 러스킨 갤러리에 걸려 있다. 이외에도 1879년 작인 〈두칼레 궁의 성문〉을 비롯해 베네치아에 대한 여러 그림을 남겼다.

15. 카페 플로리안은 1720년에 개업해 현재까지 운영되고 있는 이탈리아에서 가장 오래된 카페다. 당시 유일하게

여성의 출입을 허용한 카페였기 때문에 카사노바는 플로리안에 자주 드나들었다고 전해지며, 괴테, 바이런, 마르셀 프루스트, 찰스 디킨스 등 유명 작가들 역시 이곳을 자주 방문했다고 한다.

칼리온 씨의 크리스마스

1. 레드 체스터란 전세 마차 회사의 이름을 가리키는 듯하다.
2. 런던 시내를 동서 방향으로 가로지르는 거리다. 영국의 주요 신문사 및 출판사가 모여 있어서 흔히 영국 언론계를 지칭한다.

크로머 영감의 전설

1. 크로머Chromer는 '심각하게 잘못된 것이나 무슨 일이 일어나고 있는지 모르는 사람'을 가리킨다. 또한 '흠이 있고 쓸모없는 사람'을 지칭하기도 한다.

오크볼 씨가 피렌체에서 보낸 겨울

1. 이탈리아 피렌체화파의 시조로 불린다. 본명은 베치비에니 디 페포Bencivieni di Pepo, 1240?-1302?이며, 치마부에는 '황소의 머리'라는 뜻이다. 그의 작품으로 인정되는 것에는 피렌체 우피치 미술관에 소장된 〈성삼위일체의 성모〉, 산타크로체 성당의 〈십자가에 못 박힌 그리스도〉, 루브르 박물관의 〈성모자 제단화〉 등이 있다. 같은 시대를 살았던 시인 단테는 『신곡』의 '지옥편' 제11장에서 "그림에서는 치마부에가 패자覇者의 자리를 지키고 있다고 생각하는데, 지금에 와서는 조토의 명성만이

높고 그의 이름은 희미하게 되었네"라고 썼다.
2. 조토 디 본도네Giotto di Bondone, 1267-1337는 르네상스 미술의 발판을 새롭게 마련한 화가이다. 1303년부터 1305년까지 파도바에 있는 스크로베니 성당에 성가족과 예수의 일생을 그린 프레스코화를 그렸는데, 그중 〈최후의 심판〉과 〈애도哀悼〉는 그의 정수로 평가받는다.
3. 여덟 사람이 한 조가 되어 네모꼴을 이루며 추는 프랑스의 사교댄스이다. 18세기 미국과 유럽에서 유행하여 약 50년 동안 무도회의 이상적인 피날레로 자리 잡았으나, 19세기 초 카드리유에 밀려 퇴색했다.
4. '바이올린의 저택'이라는 뜻으로, 팔라초는 부유한 계층의 대저택, 궁전, 관저, 청사들을 가리킨다.

사실과 상상

1. 휘스트는 네 명이 두 팀으로 나뉘어 승부를 겨루는 카드 게임이다. 영국에서 발생해 18, 19세기에 널리 유행했고 이후 브리지의 모태가 되었다. 세계적으로는 브리지에 밀렸으나 영국에서는 지금도 가장 인기 있는 게임 중 하나이다.

이륜마차의 기묘한 모험

1. 표지판의 'Flipley', 'Flepley', 'Flopley', 'Flapley'는 각각 모음만 달라지는 말장난으로 D와 F가 노신사가 알려준 방향을 서로 다르게 해석하고 있음을 보여준다.

괴짜들의 크리스마스

1. '자리 뺏기Puss in the Corner'는 '집 빼앗기'라고도 불린

다. 술래가 방 중앙에 있다가, 벽에 붙어서 자리 잡고 있는 어린이들이 서로 신호를 하여 자리를 바꿀 때 그 자리의 하나를 빼앗아 차지하는 놀이이다.

2. '쟁반을 돌려라Turn the Trencher'는 주로 크리스마스 무렵에 여는 파티 등에서 즐겼던 전통 놀이로, 20세기 중반까지도 유행했다. 방 안에 어린이들이 둘러앉고, 놀이의 리더(어른)가 가운데 서서 작은 쟁반 또는 접시 모양의 물건을 돌린다. 이름이 불린 어린이는 일어서서 쟁반이 땅에 떨어지기 전에 달려가 받아야 한다. 이때 실패하면 벌금을 내거나 소소한 벌칙을 받아야 한다. 이야기 속에서 와일드보이 씨가 벌칙을 받았다고 한 것을 보면 어른들도 이 놀이를 즐긴 듯하다.

3. 크리스마스 때 겨우살이Mistletoe 덤불 아래에서 키스를 하면 사랑이 이루어진다는 전설이 있다.

4. '컨트리댄스Country Dance'는 영국의 농촌에 전해져 내려오던 쾌활한 민속춤의 한 가지이다. 농사를 마치고 축제일이 되면 해변이나 언덕 등지에 모여 둥글게 손을 잡고 추던 춤으로 17, 18세기에 유행했다. 이후 프랑스로 전해져 '콩트르당스Contredanse'라 불렸고, 이윽고 전 유럽에서 인기를 얻게 되었다. 이후 등장한 코티용과 카드리유는 이 춤에서 파생된 것이다.

5. '장님놀이Blindman's Buff, Blindman's Bluff'는 까막잡기, 또는 술래잡기라고도 부르는 놀이다. 술래가 수건 따위로 눈을 가리고 주위에 있는 다른 사람 중 한 명을 붙잡아 누군지 알아맞히는데, 잡힌 사람이 그다음 술래가 된다.

미국의 사실과 상상

1. 17세기 중반부터 19세기 초반까지 유럽, 특히 영국 상류층 자제들 사이에서 유행한 유럽 여행 형태이다. 주로 고대 그리스·로마의 유적지와 르네상스를 꽃피운 이탈리아, 프랑스 등 찬란한 문화유산이 풍부한 국가와 도시들을 여행했다. 이후 미국의 부유층 젊은이들 사이에도 유행하기 시작해 교육, 교양의 일환으로 유럽의 주요 도시들을 둘러보게 되었다. 역사적으로 이 순회 여행은 18세기 유럽의 상류층이 공통의 행동 규범과 미적 감각을 기르는 데 중요한 역할을 했다. 그러나 1840년대 이후 철도 여행이 대중화되며 저렴한 비용으로 여행을 다닐 수 있게 되면서 상류층의 특권이었던 순회 여행은 점차 그 빛이 차츰 퇴색되었다.

2. 둥근 천장이나 돔 지붕이 있는 원형 홀 또는 원형 건물을 의미한다. 중세 시대 중부 유럽에서 가장 널리 유행했던 건축 양식이기도 하다. 이 양식으로 지어진 건축물로는 워싱턴의 미국 국회의사당, 로마의 판테온 신전, 런던의 대영박물관 도서관 등이 가장 유명하다. 우리나라의 국회의사당은 홀이 직사각형이어서 엄밀히 말하면 로턴다에 포함되지 않는다는 지적이 있다.

3. 미국 버지니아 주 출신 정치인 존 랜돌프John Randolph, 1773-1833는 하원의원 시절인 1828년 1월 9일, 로턴다에 전시되는 '역사화'에 관한 토론 중 존 트럼불John Trumbull, 1756-1843이 그린 이 작품에 대해 "〈독립 선언〉은 '정강이 그림'이라 불려야 마땅합니다. 확실히 지금껏 이처럼 무리를 이룬 다리들이 사람 눈에 제시된 적이 결코 없기 때문입니다"라는 발언을 했다.

4. 앞 페이지에 나온 〈독립 선언〉을 가리킨다. 앉아 있는 정치인의 포즈가 그림 속 다리 모양과 똑같은 것을 볼 수 있다.

5. 워싱턴은 다양한 별명을 지닌 도시이다. 본문에 소개된 것 외에도 '초콜릿 도시', '못난이들을 위한 할리우드', '미국의 살인 수도', '미국의 로마', 그리고 영국 소설가 찰스 디킨스가 지었다고 하는 '격조 높은 의도의 도시 City of Magnificent Intentions' 등의 별칭이 있다.

폴과 버지니아

1. '빨간 테이프'는 공문서를 빨강이나 분홍색 테이프로 묶었던 관습에서 비롯되어 관료적 형식주의를 가리키는 표현으로 사용된다. '초록 봉랍' 역시 관리들이 문서나 편지를 많이 다루며 봉랍을 자주 다루었던 것을 가리킨다.

부록

1. 클라이즈데일종은 영국 스코틀랜드 지방이 원산지인 말로 힘이 세 짐마차를 끄는 데 주로 이용된다. 반면 여우 사냥에 쓰는 말들을 총칭해 '헌터'라고 하는데 특정 품종의 이름은 아니지만, 주로 서러브레드종을 종마로 교배해 만들어낸다. 롱혼과 쇼트혼 모두 소의 품종으로 뿔의 길이에 따라 이런 이름이 붙었다. 롱혼은 텍사스, 스페인 등에서 많이 키워졌으나 오늘날에는 그리 많이 키우지 않는다. 영국이 원산지인 쇼트혼의 경우 빨리 자라고 값비싼 부위의 고기가 많이 나와 육우로 이용된다. 헤리퍼드는 영국 헤리퍼드 지방이 원산지인 소로 육우로 가장 많이 사육되는 종류다.

2. 각각 셰익스피어의 작품들에 등장하는 장면들이다. 잉글랜드 중동부의 옛 삼림 지대인 '아든 숲Arden'은 셰익스피어의 5대 희극 중 「뜻대로 하세요As You Like It」의 주요 무대이다. 극중에서는 '이상적인 전원생활'을 상징하며 부패한 사회인 궁정과 대비되는 장소로 등장한다. '가터 여인숙The Garter Inn'은 「윈저의 명랑한 아낙네들The Merry Wives of Windsor」에서 주인공인 늙은 귀족 팔스타프가 머무는 여관이고, '마녀의 가마솥'은 「맥베스Macbeth」에 등장하는 세 마녀의 솥을 가리킨다. '그만한 자비쯤은 베푸는 게 좋지'는 셰익스피어의 작품 중 특히 흥미로운 희극인 「베니스의 상인 The Merchant of Venice」 제4막 제1장에서 주인공 샤일록과 포샤의 대화에 나오는 구절이다. "증서에 그렇게 적혀 있습니까? Is it so nominated in the bond?"라고 반문하는 샤일록에게 포샤는 "명기되어 있지는 않소. 그래 그게 어쨌다는 거요? 그만한 자비쯤은 베푸는 게 좋지.It is not so expressed, but what of that? 'Twere good you do so much for charity."라고 대답한다.